サラリーマンはおやつに入りますか？

Riku Asaka
朝香りく

JN267519

CHARADE BUNKO

桜城やや

Illustration

桜城やや

CONTENTS

サラリーマンはおやつに入りますか？

二十六歳、サラリーマン三年目、恋愛経験なし。

童貞をこじらせた美里比佐史《みさとひさし》の胸の奥には、いつの頃からかピンクの大きな宝箱があった。

街で駅で幸せそうに、それが当たり前のように恋を謳歌《おうか》するカップルたち。

それを見て羨《うらや》ましくもあり、悲しくもあった。

自分にはそんな経験は一生できないのだと、思春期の頃からずっとそう思い込んでいた。

絶対に手が届かないであろう憧《あこが》れの世界を、地味なスーツに身を包んで通勤ラッシュの電車に揺られる今も、バカだなと自嘲《じちょう》しながら夢見ている。

どうせ現実には叶うことのない夢なのだ。

だから限りなくロマンティックで甘美な恋の妄想が、月日が経《た》つごとにきらびやかに輝きを増している。

美里の心の宝箱には、そんな夢がぎっしりと詰まっていたのだった。


「今夜はどうしたんですか、美里さん。入ってきて座るなり、魂《たましい》抜かれたみたいにぼんやりしちゃって」

繁華街のはずれ。グレイと暗い赤を基調にしたクールモダンなバーのカウンター席。

「え。……ああ」

ぼんやりとグラスを伝う水滴を眺めていた美里は、かけられた声にハッと我に返った。

「もしかして悪酔いですか。お水、差し上げましょうか」

「いや、大丈夫だよ」

美里がこの店に週一度のペースで通い出してから、半年ほどが経つ。

心配そうにこちらを見ているのはバーテンダーの児島《こじま》で、学生時代からこの店でアルバイトをしているという、まだ二十代前半の青年だ。

童顔と薄茶色に染めた髪のせいで軽く見えるのだが、中身はそんなことはない。

気配り上手で、美里が以前うっかり注文したばかりのカクテルグラスを倒したときなどは、てきぱきと手早く、しかも愛想よく対処してくれた。

それをきっかけに、雑談を交わす程度には親しくなっている。

――そんなに態度に出ていたかな。

年下であろう児島に気遣われたことが、少し恥ずかしかった。

「別に酔ったわけじゃないんだ。……実は自宅が……隣町のワンルームマンションなんだけど、さっき帰宅したら火事でえらいことになっていて――

日頃は児島相手に愚痴《ぐち》ったことなどないのだが、さすがに今夜は弱音を吐く。

ええっ、と児島は目を見開いた。

「大変じゃないですか！　怪我はしなかったんですか。もしかして家財道具とか通帳とか、みんな燃えちゃったとか」

ひどく驚いている様子の児島に、いや、と美里は苦笑して天井を指差す。

「実際に燃えたのは、うちの上なんだ」

ここから電車で二十分ほどの場所にある、生活雑貨を輸入販売している中小企業に美里は勤務している。

今日は週末だが残業で遅くなったため飲む気にもなれず、疲れた身体で自宅へと近づくうちに、強烈な焦《こ》げ臭さが鼻を突いた。

不審に思う間もなく消防車と野次馬の騒音が美里を取り巻き、家の近くじゃないかと不安になりながら歩みを速めるうちに、見慣れたマンションの煤《すす》けた姿が視界に入って茫然《ぼうぜん》とたたずんだのが、今から二時間ほど前のことだ。

その後ふらふらこの店を訪れたのは、せめて見知った顔がいる場所に来れば多少なりとも安心できると、無意識に思ったからかもしれない。

「火元じゃないが、巻き添えを食らって部屋中黒い水でずぶ濡れだ。財布に入れていたカードや保険証の類は無事だが、もちろん住み続けるのは不可能だろうな。今夜の寝床も決まっていないから、どうしようかと途方に暮れていたんだよ」

美里の説明に児島は眉を八の字にして、気の毒そうに言う。

「そうだったんですか。……まいりましたね、それは」

「ああ、まいった」

肩を落とした美里の前に、店からの奢《おご》りです、とバーボンのロックが差し出された。

「ありがとう。まあ、怪我をしたわけでもないし、なんとかなる……と思うしかないな。とりあえず今夜はカプセルホテルでも探すよ」

「駅向こうのスーパー銭湯もいいって話ですよ。二十四時間やってますし」

「何々、彼、宿無しなの」

顔見知りの常連客たち数人が、聞きつけて寄ってくる。

「あそこの銭湯はこの時間、ナンパが多いから気を付けたほうがいいよ。うちに来る？」

「お前がナンパしてるんじゃないか」

ここは一般客は立ち入り禁止、というほど厳格ではないのだが、基本的にゲイの客が多く集まる店だった。

だからなのか客たちはどこか仲間意識を持っているらしく、気さくに話しかけてくる。

中には客同士でカップルになることもあるようだったし、美里も何度か誘われたことがあった。

が、応じる気になったことはない。

それというのも半年前。つまり店に通い始めてから、ずっと美里の心をとらえている男がいたからだ。

世界で一番格好いいと思っていた地元の青年団のリーダーより、顔も体格も服のセンスもなにもかもが圧倒的大差で魅力的に見える憧れの対象。

美里はその男を、勝手に心の中でキングオブシティと渾名《あだな》している。

「――にぎやかだな。なんの話だ」

周りに寄っていた数人の客の後ろから、低くてよく響く声がして、美里は密かに息を呑《の》む。

声の持ち主が、まさに想いを寄せているキング、その人だったのだ。

「あっ、習志野《ならしの》さん。彼、火事で宿無しなんだって。可哀想《かわいそう》じゃない？」

客の一人に事情を聞いた習志野は、ほう、という顔をして美里を見下ろし、それから眉間に皺《しわ》を寄せた。

「そりゃあ大変だが、無責任に騒ぐのは気の毒ってもんだぞ。児島、いつものを」

いかにも高級そうな仕立てのよい黒のトレンチコートが、脱いだ拍子にふわりと翻《ひるがえ》る。

野次馬たちを追い払うように軽く手を振ってから、習志野はさりげなく美里の隣に腰を下ろした。

特に怒った素振りを見せたわけではないが、大柄で派手な習志野は店で一目置かれる存在であるせいか、常連客たちはおとなしく自分の席に戻っていく。

その様子をうかがいつつ、無言でグラスを口にする美里だったが、実は内心激しく動揺していた。

――うわ。は、初めてキングが隣に座ってくれた……！

心臓の動きは一気に加速し、自分の顔が赤くなっていくのがわかる。

店内は薄暗いから、きっとこちらの顔色などわからないだろうと願いつつちらりと盗み見た習志野の横顔は、思いのほか睫毛《まつげ》が長く濃い。

だがそのために、女性的に見えるなどということはまったくなかった。

眉が濃く、鼻が高く彫りが深い顔立ちのせいか、余計に習志野の男らしい風貌を引き立てている。

苗字だけは以前から、常連客や児島の会話から耳にして知っていたが、遠巻きに見ていただけなので他のことは何も知らない。

ただ、少し長めの髪からして、おそらく堅い会社のサラリーマンではないだろうと推測していた。

野性味を帯びた顔立ちと手足の長い大柄な体躯《たいく》、それを包むイタリアブランドらしき服装は、どこか危険な男の色気を感じさせる。

遊び慣れている雰囲気ではあったが下品さはなく、こんな男に狙われたら落ちない相手などいないのではないか、と美里は常々思っていた。

あとほんのわずかで触れるという距離に、憧れの人の広い肩がある。

かすかにコロンの香りがして、美里の胸の鼓動は時が経つほどに勢いを増して弾んでいた。

——は、早く何か言え、俺。話しかけるチャンスじゃないか。

緊張で頭が真っ白になりかけている美里ではあったが、幸いなことに幼い頃からあまり感情が表に出ないから、こちらの動揺は伝わっていないはずだ。

黙っていると怒っているのかと思われるほどきつい顔立ちの上に、コンタクトが合わないため手放せない眼鏡も、ポーカーフェイスの維持に一役買ってくれている。

平静を装って、何を言うべきかとぐるんぐるん頭を巡らせていたのだが。

「災難だったな」

こちらから声をかける前にぼそりと言われ、ドン！　と心臓が一際大きく跳ねた。

「えっ……ええ。まあ」

「引っ越さなきゃならない状況なのか？」

「は？　あ、はい」

「当座の宿のあてはあるのか。実家は」

「……え……」

あまりに緊張しているせいで、返事がうまく口から出てくれない。

美里が憧れの人を前に動揺しまくっているとは知るわけもなく、習志野は美里の口数の少なさを、警戒しているせいだと受け取ったようだった。

「失礼。どこの馬の骨とも知れない男に、べらべら話すわけはなかったな」

そんなことはない、と美里が否定する前に、習志野は自分の名刺を差し出した。

「習志野猛《たける》だ。前から何度か見かけていたから、そっちも俺の顔くらい知ってるんじゃないのか。結構この店に長く通ってるだろ」

目つきは鋭いが、こうしてしゃべってみると存外人当りのいい口調だ。

受け取った名刺には、アパレルメーカーの社名が書いてあった。

役職は企画室長になっている。ということは、服のデザインを手掛けているのだろうか。

肩書や貫禄《かんろく》からして、おそらく美里よりは三つ四つ年上だろう。

どうりで一般のサラリーマンには見えないわけだと納得しつつ、美里は緊張のあまりかすかに震える手で、自分の名刺を出す。

こちらは中小企業の営業というあまり冴えない肩書だが、いたしかたない。

「……美里です。習志野さんの顔は、以前から覚えていました。だから、別に警戒しているわけじゃないですよ」

ぎこちなく笑ってみせると、習志野の目がわずかながら穏やかになった気がする。

安心して、美里は先ほどの問いに答えた。

「俺の実家は地方ですから、帰るわけにもいきません。会社が大崎《おおさき》なんで、あの近辺でカプセルホテルを探すつもりです。ネットカフェもあるし、なんとかなるでしょう」

先刻まで今後についてなど何も考えられなかった美里だったが、この先どうするかを言葉にして説明するうちに、だんだんと考えがまとまっていく。

けれど習志野は同情しているとも呆《あき》れているともつかない、複雑な表情で美里を見た。

「しかしこれから、ただでさえ敷金礼金が必要なのにホテル代までかかるってのは、かなり痛い出費じゃねぇか。……引っ越し先が決まるまでの間、泊めてくれるような相手はいないのか」

「相手？　はは、そうですね。まあ、ぼちぼち」

思ってもみないことを密かに意識していた男に言われ、うろたえた美里は咄嗟《とっさ》に笑って誤《ご》魔《ま》化《か》した。

ぼちぼちなどと曖昧《あいまい》な受け答えをしたせいで、習志野は肯定と判断したらしい。

「やっぱり、そうだろうな。……いないわけがない。だったら素直に頼ったらどうだ」

「え？　いや、それは」

誤解されて美里は焦《あせ》り、なんと答えたものかと口をつぐむ。

今年で二十六歳になるというのに、実は美里は童貞だったのだ。それどころか、恋愛をしたことすらない。

自分では判断しようがないが、外見的には悪くないらしかった。

幼い頃から周囲にはお人形さんみたいだと誉めそやされて育ったし、バレンタインデーの意味がわかる年になった頃には、結構な数のチョコレートを貰った。

が、小学生時代をピークに、モテるという状態からはほど遠いものとなる。

というのも中学生になった頃からゲイという自覚が出てきたため、意識的に女子に接触しないようになったからだ。

それでも積極的な女子から告白されたこともあったのだが、申し訳ないと思いつつ振るしかなく、冷たい、お高くとまっている、とクラス中の女子から総スカンをくらってしまった。

高校時代には冗談半分だろうが、クールビューティなどと渾名されていたこともある。

そして上京してくるまで、自分以外のゲイと出会ったことはなかったし、むしろそうとバレることが怖くて必死に隠していたため、男性との縁はまったくなかった。

美里が育ったのは隣町を歩いていても、あんた美里さんとこの本家の子だろ、と声をかけられるくらいどこへ行っても知人か親戚がいるような、よくも悪くも濃密な人間関係で繋がっている土地だ。

外見こそ冷たく整って見えるらしいものの、内面はいたって凡人である美里としては、自分がゲイだとバレたら大変なことになる、という恐怖感を常に持っていた。

大学に入って上京すると、今度はにぎやかすぎる都会の喧騒《けんそう》に尻ごみしてしまい、噂には聞いていても、とてもその手の男たちが集まる場になど赴《おもむ》けなかった。

社会人になり、勤務地と現住所の中間地点にあるこの店をネット上で見つけたときも、実際に来店する勇気を振り絞るまで一年近い時間が必要だったし、初めてドアを開けたときには緊張して固まっていたくらいだ。

けれど黙っていればすまして見えるらしい容姿のおかげで、児島などには慣れた様子に見えたと後から聞いた。

そうして初めて入った店内に、理想が服を着ているような男の姿を見つけたときには、天使の矢がドスッと胸に刺さったように美里は感じた。

習志野の魅力は決して外見だけではない。

グラスを倒してしまった一件のとき、確かに児島にも面倒をかけてしまったが、実は習志野にもフォローしてもらっていた。

運悪く美里の隣にいた男が、高価なデニムパンツが濡れたと難癖《なんくせ》をつけてきたのだが、習志野がそのパンツを製造販売しているのは低価格が売りの量販店メーカーであるということと、金額まで看破《かんぱ》して、相手を一発で黙らせてくれたのだ。

習志野は男をやりこめると、さっさと奥のテーブル席に行ってしまったから、多分ろくに美里の顔など見ていないに違いない。

誰であろうと同様に助けてくれたのだと思うが、それでも美里の胸に刺さっていた金色の矢を、背中に突き抜けるほどに駄目押しした効果があったのは確かだった。

美里にとって習志野は、いかにも仕事で成功していそうな男前というだけでなく、夜遊びの裏も表も知り尽くしたプレイボーイの都会人、というイメージがある。

そんな相手にこちらが恋愛経験ゼロのチェリーボーイだと知られたら、鼻で笑われてしまうかもしれない。

そこで持ち前のクールに見える顔つきで本音は隠し、できるだけ冷静な声で言う。

「そうですね……せいぜい一日くらいなら、泊めてくれる相手は見繕《みつくろ》えます。でも一週間泊めてくれそうな相手はいない、という感じでしょうか」

言い終えて、少しはモテる男と思ってもらえただろうか、と様子をうかがうと、習志野はなぜか驚いたような顔をしていた。

「なんだと？　だったら一日程度の相手は結構いるってことか？」

もしかして童貞だと雰囲気でバレたのだろうかと、美里は焦る。

「そっ、そうですが？　何かおかしいですか？」

「いや……別におかしくはないが」

「習志野さんだったら、同じ方法で半年くらいは暮らせるんじゃないですか」

児島が笑いながら空になったグラスを下げ、その言葉に美里はぎょっとする。

――半年間、毎日相手を取り換えていたら、それだけで百八十人じゃないか。

憧れの人の遊びっぷりに驚愕《きょうがく》していた美里だが、眉を顰《ひそ》めたその表情を見て、児島はドン引きしていると思ったらしい。

両手をひらひら振り、急いで釈明した。

「あっ、冗談ですよ、美里さん。いくら習志野さんでもそこまでのことはないですから」

「そこまでってお前、余計なことを言うんじゃねぇよ。最近は身を慎《つつし》んでるだろうが」

「はは。ご心配なく、さすがに本気にはしていません」

とは言ったものの美里がこれまでずっと習志野を意識しながら声すらかけられなかったのは、取り巻きだか恋人だかはわからないが、常に誰かと一緒に飲んでいることが多かったからなのは確かだ。

相当にモテることも、遊び人だということも知っている。

それでも、遊んでいる悪い男という雰囲気さえも格好いい、と惹《ひ》かれてしまったのだから仕方がない。

告白など大それたことをする気はなかったし、眺めているだけで充分という気持ちだったので、今さら幻滅したりはしなかった。

――――そうだ、それに！　遊び人ということは……つまり、誰か一人のものじゃないということだしな！

子持ちの愛妻家だったりするより、ゲイのプレイボーイのほうが、夢を見られる可能性がずっと大きいではないか。

そう自分を励まし、美里はおそらく他人からは冷たい微笑に見えるであろう、強張った笑顔を作った。

「モテそうですよね、習志野さんは。……特定の恋人とかって、いないんですか」

ちらりと横目でこちらを見て、面白くもなさそうに習志野はうなずいた。

児島が新しいグラスを差し出して言う。

「習志野さんてそういうの、作らない主義ですもんね」

「主義ってわけじゃない。面倒だと思っていただけだ。つまんねぇことを言うなと言ってるだろうが」

習志野は児島を軽く睨《にら》み、美里はうんうんとうなずいた。

「そ、そうですよね。特定の相手などというのは面倒ですよ。わかります、わかります」

まったくわかるわけがないのだが話を合わせると、習志野は濃い眉の間に皺を寄せた。

「なんだ、お前も同類だとでも言うのか？　綺麗《きれい》なツラをしてるから言い寄る相手は多いだろうが、手が早いようには見えないが」

そう言われて、ぱあっと美里の心は明るくなった。

綺麗なツラをして云々《うんぬん》はどうでもよかったが、習志野に『同類』と言われたことが嬉しかったのだ。

——おっ、俺が習志野さんの、同類！　……この人と真剣交際なんて、天地がひっくり返ってもありえないんだから。だったらせめてこんな形でも、俺を覚えてもらって……もう少しだけでも距離を縮めてみよう！

そんな思いで、美里は勢い込んで言う。

「手が早いように見えないなんて心外です！　同類ですよ間違いなく。気が合いそうですね、俺たち」

精一杯プレイボーイを気取って言うと、そうだな、と返されて、美里は心の中でガッツポーズをとっていた。

——やった！　同類の次は、気が合うって認定してもらった！

「やだなあ、常連さんの一、二を争う二枚目二人がどっちもプレイボーイなんて。習志野さんはともかく、あまり美里さんにはそんなイメージなかったですけど。声かけられても、いつも断ってたじゃないですか」

児島に突っ込まれ、美里は表情に出すまいと努めながら、言い訳を考える。

「それはだな。つまり……ここの客とどうにかなると、来づらくなるだろう。せっかく気に入った店を失くしたら困る。だから遊ぶのは他でやっていたんだ」

無理矢理ひねり出した弁明だったが、習志野はグラスを傾け、氷を揺すりながら同意した。

「それはわかる。客同士引っかけるだけが目的の店なら別だが、落ち着けて飯《めし》も美味いこの手の飲み屋は貴重だ」

習志野が言うと、児島は口をへの字にした。

「何言ってんですか。この前なんて習志野さんを巡って喧嘩《けんか》するお客さんがいて、オーナーまで巻き込んで大変だったのに」

「あれは俺の与《あずか》り知らないところで、勝手に張り合ってた連中だ。それにここしばらくは自《じ》重《ちょう》してると言ってるだろ。お前はもう黙ってろ、児島」

内容はともかくとして、自分に習志野が同調してくれた。

うまくいけば、飲み友達くらいにはなれるかもしれない。

これはもう完全に仲間だと思ってくれたと確信し、美里は児島に向かってどうだという顔をしてみせる。

「やはり同類じゃないと、ピンとこないんだろうな。俺は習志野さんと同じ感覚の持ち主だから、よくわかるんだよ」

二対一の構図になり、児島は溜め息をつく。

「美里さんを密かに狙ってるお客さん、いたと思いますよ。遊んでるってわかったらショックかも」

どうだろうか、と美里は肩を竦《すく》める。

一緒に飲もうと声をかけられたことはあったがそれだけで、好きなんですと告白されたわけではない。

それに無駄に冷たく整った顔を目当てに寄ってこられても、中身はありきたりの平凡なサラリーマンという自覚があるため、親しくなったところで失望されるのがオチだろう。田舎育ちでこの年までまともな恋愛をしたこともなく、多少顔立ちがよかろうと野暮ったくて色気とは無縁。

服は安いかどうか以外を気にしたことはないし、お洒落《しゃれ》な遊び場も知らなかった。特に仕事ができるわけでもなく、家庭を作れる可能性もない。

美里は外と内のギャップに加え、思春期にゲイであるゆえの疎外感と挫折《ざせつ》を味わったため、自分にまったく自信がなかった。

――そうだ。おまけに今の俺は家財道具一式水浸しで、パンツの替えさえ買わなきゃならない。小さな会社で出世の見込みもない平社員だし。

災難と、これまでの情けない境遇を思ううちに落ち込んできた美里の目の端に、グラスを持つ習志野の長い指が映る。

――ほんの少しだが、この人とお近づきになれたことだけが救いだ。顔と名前は覚えてくれただろう。それに同類で気が合うという認定を貰ったからな。住む場所が決まって落ち着いたら、なるべくここに顔を出して、もっと親しくなる。よし、今後はそれを目標にして、前向きにがんばろう。

そんなことを考えていると、ふいに習志野が顔をのぞき込んできた。

「おい、陽気にしゃべってると思ったら急に黙り込んで、大丈夫なのか。……夕飯はどうした、食ったのか。まだなら奢ってやる。マスターに言ってなんか作ってもらえ」

「え。あ……すみません。この先のことを考えていたら、だんだん暗くなってしまって」

「そりゃそうだろうな。本当に行くあてはないのか」

溜め息とともにうなずくと、それなら、と習志野はグラスを置いて言う。

「うちに来るか。余ってる部屋がある」

「うち？　習志野さんの家……ですか？」

思いがけない申し出に、美里は耳を疑った。

「ああ。ここから歩いて十分程度のマンションだ」

「習志野さんの自宅マンション……」

憧れの習志野の部屋に、ふたりで住める。お近づきどころか一気に同居人だ。そう考えた途端《とたん》。

パカッ、と美里の心の中に埃《ほこり》をかぶって鎮座《ちんざ》していた、ピンク色の宝箱の蓋《ふた》が開いた。

中からは一気に長年温められ、熟成された数々の乙女チックな妄想が溢《あふ》れ出してくる。

——キングオブシティと同居！　……豪華でハイセンスでマンションの高層階にあるワンフロア全部を所有する自宅で、俺がお風呂を沸かして食事の支度をしているところに習志野さんが帰宅して……お帰りなさい、お風呂が先？　それともお食事？　とかそういう生活が始まったらどうするんだ。いや、これはもう始まったも同然と思っていいんじゃないのか！

美里はこの年まで恋を求めながらも、無理なことだとあきらめていた。

だからこそ、恋に対して少女漫画も顔負けの夢を抱いている。

その夢は習志野の提案で、一気にすべて叶えられるように感じた。

憧れていた白馬に乗った王子様と、偶然からの同居で始まる恋のストーリー。

驚きと喜びで、美里は茫然と習志野を見る。

「別に……嫌なら断っていい。無理にとは言わないが」

もちろん嫌なはずはなく、こんなラッキーなことがあっていいのかと信じられない気持ちでいただけだったが、習志野は美里がとまどっていると思ったようだ。

普段は積極的とは言い難《がた》い美里だが、このチャンスを逃すつもりはない。

「お願いします！　通勤にも便利な場所ですし、ホテル代も浮きます。どうかぜひそうさせてください」

決まりだな、と習志野は精悍な顔に、不敵な笑みを浮かべる。

心の中ではウエディングドレスを着てリンボーダンスを踊るほど舞い上がっていた美里だったが、表面的には落ち着いた笑顔を作ってうなずいた。

そうしてこの夜から、習志野とのめくるめく同棲が始まるはずだったのだが。

習志野の自宅は2LDKで、マンションは高層ではなく部屋は三階にあった。

室内は茶とベージュを基調に小物やファブリックは黒で揃えられ、シンプルで落ち着いた内装ではあるものの、書類や仕事に使うらしき付箋《ふせん》だらけのファッション誌や洋書などで乱雑に散らかり、かなり生活感がある。

窓から見えるのは夜景ではなく、隣接しているビルの壁だ。

——ちょっと……す、少しだけ想像とは違っているが。まあ、キングとはいえ、仕事が忙しければ散らかっていても当然だよな。むしろ恋人が出入りしていない証拠だ。

美里はそう納得して、イメージのズレを修正した。

客用兼物置に使っているという、シングルベッドといくつかの段ボール箱があるだけの北側の六畳間を、習志野は自由にしていいと言う。

その後一旦現場検証の続いている自宅へ戻り、どうにか使えそうなものを紙袋に詰めて運んできた美里は、すすめられてシャワーを浴びることにした。

脱衣所で衣類を脱ぎながらふと、ここでいつも習志野が着替えをしているんだと想像すると、災難にあった直後だというのに顔がにやけてしまいそうになる。

——この洗濯機の中……もしかして習志野さんの下着が入っていたりするのか。今入っていなくても、いつもこれで洗うんだよな。

思わず洗濯機を抱き締めたくなったが、万が一習志野に見られたら人格を疑われるのでやめておいた。

バスルームに入ってからも、これが習志野の使用しているボディソープなのだと思うと、泡立てて身体を洗うだけでドキドキしてしまう。

――こ、これは習志野さんの匂いに包まれているといっても過言じゃない状態だ。それに今日から身体も髪も、習志野さんと同じ匂いになる……。

すう、と爽《さわ》やかな香りを深呼吸して、美里は満足の溜め息をつく。

――まさに不幸中の幸い。いや、もしかしてこういう運命だったのかもしれない。習志野さんの同居人になれるなんて。ついこの前まで、店で顔が見られればそれだけでラッキーだと思っていたのに。

『おい。一応、パジャマを出しとくからな。俺のだからでかいだろうが、洗濯はしてある。新品じゃないが我慢しろ』

ドア越しに言われて、美里はドキリとする。

「はい、助かります！　あ、パンツは先ほどコンビニで買ってありますから」

習志野が着ていたもののほうが、新品より嬉しいのは内緒だ。

モテるだけあって気配りのできる親切な人だ、とさらに習志野を見直した美里はうきうきとパジャマを着た。

やがてそろそろ寝るという頃になって、事態は急展開を見せる。

歯を磨き終え、リビングのソファで雑誌を眺めている習志野に、もう寝かせてもらいます
と美里は告げたのだが。

「……その前に、家賃についてなんだが」

「――はい？」

「お前も無償で赤の他人の家に居候《いそうろう》するってのは、気を遣うんじゃねぇか」

「あ。それは当然そうです」

意識していた憧れの相手の自宅に無料で住む上に、ただ飯まで食らうのはさすがに気が引
ける。

もちろん当初から、なんらかのお礼はしなくてはと考えていた。

「法外な値段では困りますが、相場は払わせてください。そのほうが気楽です」

「そうか、話がわかるな。……じゃあ、今夜は敷金からだ」

寝室をくいと顎《あご》で示されて、美里は首を傾げる。

「え？　ええと。……すみません、今日は現金の手持ちが」

「さすがにプレイボーイは、かわし方も慣れたもんだな」

――な、なんだろう？　何か俺、失礼なことでも言っただろうか。

考えろ考えろとぐるぐるしている美里の肩に、がっしりと力強い習志野の腕が回される。

そして耳元に、低く甘い声が囁いた。

「当然だが、俺が上だ。男の家に入り込むんだ。お前だってそのつもりがなかったとは言わせない」

え。と美里は硬直して習志野の顔を見る。

――えええええ！　……上？　上ということは、俺が下？　というのは、つまり、俺と習志野さんが上になったり下になったりする、ということなのか？

決して嫌ではない。習志野は初恋の人だ。

頭の中であれこれ卑猥《ひわい》な想像をしたこともあるし、はっきり言って抱かれたい。

が、何しろ展開が早すぎて、晩生《おくて》な美里の頭はついていくことができなかった。

それに美里の宝箱の中には、こんな早急な筋書の夢はない。

――こっ、こんなのは駄目だ！　デートをして、三か月は清いお付き合いをして、お互いの気持ちを確かめて、告白して、手を繋いで、それからキスだろ！

動揺を通り越して真っ白になっている美里の背を軽く押すようにして、習志野は寝室へとうながした。

あまりのことにされるがままになっていた美里だったが、ダブルベッドに押し倒され、至近距離で習志野を見た瞬間、ようやく脳の指令が口と手足に到達した。

「まっ、待ってください！　少し、その、心の準備を」

「遊び人だと白状したその口で何を言ってる。……まさか」

ぎゅ、と習志野はきつく眉を寄せる。

「お前が上になるつもりだったんじゃねぇだろうな」

聞かれて美里はその手があったかと、すがりつく思いで言った。

「それです！　そうなんです！　遊んでいるといっても、俺はやるほう専門で……。だ、だから」

「あいにくだが、俺はケツを貸す気はねぇ」

習志野は獲物を捕まえた肉食獣のように、獰猛《どうもう》な目で見下ろしながら言う。

「家賃代わりと思って、おとなしくやらせろ。もし具合がよかったら、これまでより遊ぶ楽しみも倍に増えるだろ」

「で、でも、だからといって、俺は……っ、あ！」

つ、と首筋に習志野の指先が触れ、途端にドーン、ドーン、と心臓は胸を突き破りそうな勢いで鼓動を打ち出した。

動揺しまくっている美里の心の内を知る由《よし》もない習志野は、意地の悪い笑みを見せる。

「そんなにびくつかなくたっていいだろう。散々お前が他人にしてきたことだ。さぞ大勢泣かしてきたんだろうな。……まあ、俺ほどじゃないだろうが」

ごく、と思わず美里が息を呑んだ瞬間。しっとりと厚い唇に、唇が塞がれる。

――キスをしている、習志野さんと！　嬉しい。嬉しいが……駄目だ。告白もしていないのに、キスなんて論外だ！

熱を帯びた舌先が、唇の隙間から入ってこようとしたそのとき。

「……っ！　わかったから、待ってください！　キスは……嫌です！」

渾身《こんしん》の力で身体を押しのけ、思い切り顔を背けた美里の拒絶の言葉に、習志野は気分を害したらしい。

「なんだ？　キスだけは本気の相手としたいってやつか？　お高い風俗嬢みたいだな」

「そっ、そんな感じ……です。キスだけはこの人と！　と心に決めた相手が、俺にはいますから」

当然、嘘だ。心に決めた相手も何もファーストキスなのだが、まったく心が通じていない上に、こちらが初めてだとバレてしまうのは避けなくてはならない。

プレイボーイだと自称した以上、ヘタクソなキスはできないではないか。

他人の舌を口腔《こうこう》に受け入れてどうすればいいのか、漠然《ばくぜん》と想像はつくものの初回からうまくやれる自信がない。

習志野は憮然《ぶぜん》としていたが、まあいい、と皮肉っぽく唇を歪《ゆが》めた。

「どんな理由があるんだか知らねぇが、だったら面倒なことには関わらないでおく」

「……っ」

苦し紛れの言い訳を信じてくれたらしい習志野は、耳や首筋にキスを落としていく。

そうしながら器用に、美里のパジャマのボタンをはずしていった。

——ど、どうしよう。この人、本当にやる気だ。遊びで抱かれるのは抵抗がある……が、ちょっと待てよ。よく考えろ。

焦りと動揺で顔を引き攣《つ》らせながら、ごくりと美里は息を呑む。

——習志野さんが、また俺を抱く日が来る保証なんてないじゃないか。たとえ理由は性欲処理でも、身体を受け入れたら単なる同居人という関係ではなくなるのでは。拒絶したら嫌われるかもしれないし。そ、それに……抱かれる立場は初めてだと言ったんだから、受け身は下手でも問題ない。

バクバクと狂ったように飛び跳ねる心臓の音も、きっと習志野は初めて女役をするゆえの緊張だと思ってくれるだろう。

そう覚悟を決めた途端。

「っあ！　……は、ああっ」

鎖骨を甘噛みされ、きゅ、とパジャマの上から胸の突起をつままれて、鼻から抜けるような恥ずかしい声が漏れてしまった。

「感じやすい身体をしてるな。本当に抱かれるのは初めてなのか？」

「かっ、感じているわけではなくて、緊張しているんです！　こちら側は初めてですし」

「だからって、そんなに怯《おび》えた顔をするな。逆に煽《あお》られる」

「え？　っあ！　あ」

もともと敏感なのか、それとも相手が習志野だからなのかはわからない。触れられるところにいちいち痺《しび》れるような甘い感覚が走り、ひくひくと全身が反応してしまう。

それをすぐに習志野は察し、からかうように言った。

「こんな身体が抱く側ばかりじゃもったいねぇ。俺がしっかり躾《しつ》けて、抱かれずにいられない身体にしてやるよ」

パジャマの前が完全に開かれて、習志野の指が脇腹を撫《な》で上げる。

それだけでぞくぞくと、美里の身体に震えが走った。気持ちいいのか悪寒なのかわからない、生まれて初めての感覚だ。

「なっ……、あっ、やぁ」

習志野の指は脇腹から下腹に滑り、そこからまた上に行って胸を撫でてくる。

「い……っ、やっ、んん」

今度は布の上からでなく、直に胸の突起に触れられた。妙な声が出てしまい、咄嗟に口を押えた手をどけられる。

「可愛い声出しやがって、煽ってるのか」

「ち、が……っ、やめ、て」

恥ずかしすぎることを言われて、首から上がのぼせたように熱くなった。

「んんっ、も、そこっ、離して」

習志野は執拗《しつよう》に胸の突起を弄《いじ》り、痛みに近い刺激が加え続けられる。

「いっ、痛っ、あ」

身体をよじると、赤く膨《ふく》れたそこから習志野はやっと指を離し、次いで濡れた舌を這《は》わせてきた。

「ああっ！　ぃや……っ、あ、熱い」

刺激され続けた部分を口に含まれると、驚くほどに熱を感じる。

「んう、うっ」

背を反らして喉を鳴らすと、習志野は更に突起に舌を絡め、きつく吸う。

――な、なんだ、これは。胸だけでこんなふうになるなんて、おかしいんじゃないのか、俺は。

顔が茹でられたように熱いし、眼鏡が曇りそうなほど呼吸も熱を持っていた。

「っあ！　いゃ、あっ」

固くしこった突起を舌で転がされ、もう片方は先端を優しく指の腹でこすられて、美里はシーツをつかんで甘い声を上げ続ける。

「よ、酔っているんです。だから俺、今夜は……おっ、おかしくて、それで……っん」

感じすぎてしまっていることが恥ずかしく、美里は必死に言い訳をした。

「ふうん、それで？　こんなにさっさといきそうな身体で、抱いた相手を満足させてやれてるのか？」

意地悪く聞かれて、美里は涙目になる。

「失礼ですよ、そんな……っ、やっ、やりまくりで、満足させまくりです！」

「言うじゃねぇか。じゃあどっちがうまいか、お前自身の身体で答えをわからせてやる」

「やぁ、んっ、……あ、あっ」

初めての体験は怖い反面、相手が習志野であることは嬉しい。

ずっと指をくわえて見ているだけだった男が今、自分の身体を求めている。

汗とコロンの混じった匂い、触れてくる体温。それらのすべてが美里を誘惑し、虜《とりこ》にしていた。

乳首を舌で弄る間も、習志野の指先は脇腹を経て下腹部に滑り、パジャマのゴムの隙間に入ってくる。

ビクッ、と大きく美里は反応した。

「まっ、待って、ください。俺」

「待て？　早く、の間違いだろ」

習志野は顔を上げ、ニヤリと獰猛に笑ってみせる。

「お前のこれ、がちがちじゃねぇか」

「あ、あう！」

下着の上から触れられて、美里の腰が跳ねた。

「あーあ、また下着を替えなきゃならないな。こんなに濡らして」

見ないでくれ！　と叫びたいのを、美里は必死に堪《こら》えた。

いくら下になる経験がないと言っても、あまりにうろたえたら何か変だと勘づかれてしまいそうだ。

だからきつく唇を噛み、そっぽを向くにとどめたのだが、それが習志野には挑戦的に見えたらしい。

「なんだ。俺にいかされるのが不満、ってツラだな」

そう思ってくれるなら、そのほうが都合がよかった。

「え、ええ。……不本意です。俺のほうがテクニックは上……っあ！」

きゅ、と中指と人差し指で挟み込むようにされ、習志野は美里のものを下から上へとしごき始めた。

「テクニックがなんだって？」

布越しの刺激はもどかしく、ゆっくりと美里の腰が揺れ始める。

「あ、やあ、ああん」

――駄目だ、こんなの、長くもたない……っ。も、もう無理だ。

達する寸前。ふいに習志野は、手を止めた。

「は……っ、やぁっ……」

あと少しだったのに、というもどかしい気持ちと、いかなくてよかったという安堵《あんど》が美里の胸の中で交差する。

「いっちまってからだと辛いだろ。ちょっと待ってろ」

そう言ってベッドから下り、サイドテーブルの引き出しを開けた習志野は、小さなビニールパッケージとチューブを取り出す。

――準備。つまり、さ、最後までする、ということだよな。

美里は苦しい息をどうにか落ち着け、不安と身体の興奮でおかしくなりそうだと思いながら、必死に訴えた。

「で、でも、俺。後ろは……初めてですし、できるかどうか」

「安心しろ、俺はうまいと言っただろ」

びり、とコンドームのパッケージを歯で切る習志野は、悪魔のようにセクシーに見えた。

「それにこんなに覚えのいい身体だ。すぐに気持ちよくなる」

本当だろうか、と美里はドキドキしながら、習志野の様子をじっと見つめる。

手早く自分のものに装着した習志野は、美里の下着ごとパジャマを脱がせにかかった。

「うあ……！」

反り返ってしまっているものが外気に晒《さら》され、美里はすべてを見られてしまっている羞恥で、どうにかなってしまいそうだった。

習志野は大きく足を割り開き、その間に身体を入れてくる。

「あ……っ、待って。待ってください」

慌《あわ》てて美里は眼鏡をはずし、頭の上のほうに置く。

とてもではないがこんな状況を、クリアな視界では見たくない。

眼鏡をはずしたおかげで、両膝の後ろを抱え上げられ、勃《た》ちきった自身が揺れているという恥ずかしい状況がぼやけてくれた。

「……眼鏡を取ると、感じが変わるな。きつい印象が、幼くなる。お前、いくつだ」

つう、と習志野は、抱えている美里の足に手を滑らせながら聞いてくる。

「に、二十六……です」

「四つ下か。だったら人生の先輩としてしっかり身体に教えてやるよ。……白くて手触りのいい肌だ。これが男を抱く専門だったなんて、宝の持ち腐れだ」

「あっ、ゃあ、ん」

「こんなに感じやすくて……可愛いのに」

先刻散々に弄られた胸の突起は、伸ばされた指先で触られただけで、甘い痺れを美里に伝えた。

下腹部にそそり立った自分のものから、液体が糸を引いて垂れているのを感じる。

ふ、と低く習志野は笑った。

「よだれをたっぷり零《こぼ》しやがって。いやらしい身体だ」

「は……っ、ぁあ！」

直に指を絡められ、下から上へとこすられて、美里は顎を上げシーツをきつく握る。

瞬く間に追い上げられていくのを、きつく目を閉じて耐えていると、身体の奥にぬるついた指が触れてきた。

「う、っ……！　っく、いや……っああ」

ぬう、っと長い指が入ってきて、息が詰まりそうになる。

「っひ、う……っ、あ」

ぬうっ、ぬうっ、と内壁をこすりながら習志野の指が体内を出入りし、初めて知る感覚に、美里の目に涙が滲《にじ》む。

「やっぱりこっちも、なかなか素質があるじゃないか。指を突っ込まれても全然萎《な》えねぇ。むしろ……」

もう片方の手はぬるぬるになっている美里のものの先端を、指の腹で刺激してくる。

「ますます涙を零して欲しがってる」

「ひぁ、あっ！」

ぐり、ときつく窪みを押され、体内の指を二本に増やされて、美里は悲鳴を上げた。

「はあっ、あ、駄目、あんっ、ゃあ」

習志野は美里が達することができないよう、根本をきつく握りながら、中に潜《もぐ》り込ませた指の動きを速くする。

「っ、やめ……く、苦し……っああ」

「いつも相手にやってることを、自分がされる気分はどうだ？」

すっかり美里がタチ専門だったと思っているらしい習志野は、からかうように言う。

美里はなけなしの理性を総動員して、懸命に虚勢を張った。

「おっ、俺なら、もっと、デリケートにっ……あっ、あ……ぃや」

「こんなにびしょびしょにして、生意気なことを言いやがって」

「んんっ！　あっ、あう」

じゅっ、じゅっ、と濡れた指が自分の中をかき回す濡れた音がして、美里はいやいやと首を振った。

――い、いきたい。苦しい。なのに、気持ちいい。

「くぅ、ん」

ゆっくりと指が引き抜かれ、その刺激で快感に無意識にくねってしまう腰を、改めて習志野は抱え上げた。そして。

「そのまま、力抜いてろよ」

「……っ、あ、あああぁ！」

ずずっ、と身が竦むほど硬く太いものの先端が入ってきて、美里の腰は意図せず逃げようとする。

それをしっかりと抱え、なおも習志野は自身を埋め込んでいく。

「ひぅ、んぅっ！　っあ、無理……っ」

「無理ならしない。が……上手に飲み込んでいくじゃねぇか」

「あうっ……ひ、あ、あ」

未知の感覚と、男に身体を貫かれる恐怖に、美里の身体は細かく震え始めていたが、激しい拒絶には至らない。

――怖い。ものすごく怖い。だが……それでもやっぱり俺は、この人に抱かれたい。

好きになった同性が自分に欲情してくれて、身体を繋ぐ。そんなことは夢でしかないと思っていた。

本当は付き合うところから始め、心が通じてからという思いがある。

しかし習志野がまたその気になってくれるとは限らない、という不安も美里の中にはあった。

多くを望むと、一つの夢すら叶えられなくなるかもしれないではないか。

――だからいいんだ。多少身体が辛くても、気まぐれな一晩だけの遊びだとしても。こんなチャンスは、俺の人生で二度とないかもしれないじゃないか。

けれどそんなふうに考えることができたのは、ここまでだった。

「――っ！」

硬く太いものを深く根本まで挿入され、体内の異物が与える熱さと圧迫感に、今にも意識が飛びそうになる。

「うあ、――あっ！　ひう」

と、今度はゆっくりとそれが引き抜かれていき、息をつく間もなく再び深々と最奥《さいおう》まで貫かれた。

決して乱暴な動きではなく、むしろゆっくりと味わうように、習志野は美里の体内を行き来する。

「はぁっ、ああ、いやぁ、あ！」

動きが緩慢《かんまん》な分、余計に体内の習志野のものの存在感は大きく生々しく感じられた。

そして何度めかに、ぐっと奥深く突き入れられたとき。

「っうう！」

びくびくっ、と美里の腰が激しく跳ね、下腹部に温かい滴《したた》りを感じた。

触れられないまま、達してしまったのだ。

「すごいな。初めてで尻だけでいったのか」

「だっ、駄目ぇ、待っ……っああ！」

まだすべてを出し切らないうちに、習志野は腰の動きを速くしてきた。

「ひぃっ、ああっ、っあ」

動きに合わせ、放出されている最中の白いものが美里の先端から、習志野の下腹部に飛んだ。

浅く深く硬いものが内壁を抉《えぐ》り、痛みの混じった快感に美里は泣きむせぶ。

「どうだ。やっぱりこっちのほうが気持ちいいだろうが」

こっちがどっちなのか、今の美里にはもうわからない。

震えっぱなしで、閉じることすらままならない唇から唾液を零し、ただ従順にうなずくことしかできなかった。

そうしてこの晩、初めて男に抱かれたというのに、美里は体内に習志野を受け入れたまま、三回自身を弾けさせたのだった。

翌朝目を覚ました美里は当然のことながら、起き上がる気力がなかった。

全身がだるく熱っぽく、すべての関節が軋《きし》んで腰には鈍痛《どんつう》がある。

――……ええと。どうしてこんなに体調が悪いんだ。……昨晩、何がどうしたんだったか……。

ぼんやりと薄く開いた瞳には、見慣れない天井が映った。

美里は右手で額を覆い、まだうまく働かない頭でこの事態に至った経緯をおさらいする。

――そっ、そうだ！　習志野さん！

パッと隣を見るとすでに起きていたらしく、習志野が顔をこちらに向けている。

その背景には、キラキラと星と花びらが飛び散っているように美里には見えた。

しかし眼鏡をかけていないため、細かな表情まではわからない。

「起きたか。具合はどうだ」

大好きな低音ボイスを目覚めた途端に間近で聞き、美里の顔は熱を持つ。

「……悪くない、です」

「そうか。昨日、シャワー浴びさせてるうちにへばっちまったからな。少しばかりやりすぎたかと心配した」

言われて美里はぼんやりと、抱えられるようにしてバスルームへ行き、汚れを洗ってもらったのを思い出した。

「ふ……不覚です。みっともないところをお見せして、すみません」

謝りはしたものの、美里の胸の中は充足感でいっぱいだった。

今朝の習志野はひどく優しい。視界はバラ色に染まり、空気は甘く感じる。

今自分は半年間眺めていただけの、手が届かないと思っていた習志野の腕の中にいるのだ。

信じられないほど恥ずかしい反面、気持ちが高揚《こうよう》して天高く舞い上がっていく。

もちろんピンク色の宝箱の蓋は、全開になっていた。

――キングの家のベッドでキスして抱き合って、逞《たくま》しい腕の中で朝を迎えてしまった……。

はあぁ、と幸福感にうっとりとして溜め息をつく美里の心中がわかるはずもなく、からかうように習志野は言う。

「謝る必要はない。男たらしを腰が立たなくなるまで存分に可愛がってやったと思うと、いい気分だ」

――あ。そうだった。

言われて美里は、自分がプレイボーイという設定だったと気が付いた。

慌てて片方の口角を上げ、ニヒルな笑みを作ってみせる。

「ま……まあ、これまで遊びまくった天罰かもしれないですね。だったら仕方ない。甘んじて受け入れます」

「腹の立つくらい気障《きざ》なセリフが似合う野郎だな。もっと泣かせてやればよかった」

呆れたように言って、習志野は肩を竦めた。

「起きれるか。飯が食えそうなら作るが」

何はともあれその前に、と美里は手を伸ばし、ぱたぱたと枕の周辺を探る。

これだろうと渡してもらった眼鏡をかけると、思っていた以上に習志野の顔が近くにあってどきりとした。

「起きます！」

がばっと身体を起こしたはずみで、ズン、と腰に痛みが走る。

「……うう」

「おい、無茶するな。いくら遊んでようが、ケツはバージンだったんだろうが。今日、仕事は休みだろ。俺が飯の支度をするから、それまで寝てろ」

「す、すみません、起きられたらすぐ……顔を洗って、キッチンへ行きますから」

習志野だけがベッドを出たが、パジャマは下だけで、上には何も着ていない。

筋肉質だが決してごつごつはしていない、広く艶やかな背中を退室する寸前まで、ポーッとしながら美里は見つめた。

まだベッドの中には、習志野の匂いと体温が残っている。

嬉しさと愛しさに我慢できなくなって、シーツのその部分に、ごろごろと身体をすり寄せて身悶《みもだ》えてしまう。

幾度も満足の溜め息をつきながら、昨晩のことを思い返す。

――ああ。どうしよう。俺は憧れのキングに抱かれたんだ。……夢が叶った。

――それだけじゃない。これから俺は習志野さんと一緒に暮らすんだ。そうだ、足りない食器は買い足そう。茶碗やマグカップはお揃いの色違いで。それで同じものを食べて、同じシャンプーを使って、場合によってはまた……同じベッドで寝るんだ。

立ち上がるとき、また少し腰が痛んだが、それすらも今の美里には嬉しく思えた。

よたよたと洗面所に行って洗顔を済ませると、荷物を置かせてもらっている部屋に行き、パジャマから私服に着替える。

とはいえもともとお洒落など疎《うと》かったこともあり、習志野の前で着られるような服は、通勤用のスーツくらいしかなかった。

仕方なくスーツの下とワイシャツという格好でリビングへ行くと、ダイニングキッチンに続いているカウンターから習志野が手招きをする。

「飯、食えそうか？」

なんだか貧血ぎみで頭が重く、足元はふらついていたが、漂ってくるいい匂いに美里は思わずうなずいた。

——こ、これは……。

キッチンも散らかっていたが、そのテーブルの上に二人分の皿とカップが用意されているのを見て、美里はハッとする。

——キング自ら俺の分まで、朝食を用意してくれるとは！

たとえもっと体調が悪くても、食べ損なうわけにはいかない。

「すみません、お手伝いできなくて」

「手伝ってもらうほどのもんは作ってない」

座れ、と顎で示されて、美里は恐縮しながらダイニングテーブルの椅子に腰かける。

シンクには洗い物が積まれていて、でんと置かれた北欧風のダイニングセットの四脚ある椅子のうち、二つは雑誌に占領されていたものの、キッチンは広々として明るかった。

そして習志野は美里の皿に、フライパンから朝食を取り分けたのだが。

「……ええと」

一瞬、なんと評していいかわからず、美里は言葉に詰まる。

遊び人の習志野の朝食は、サプリメントだけだったり珈琲《コーヒー》だけの適当なものか、あるいは豪快にチーズやトマト、フランスパンに噛《かじ》り付くような、ワイルドなイメージがあった。

けれど目の前でいい匂いをさせているそれは、可愛らしいホットケーキだったのだ。

しかもミルクパンからカップに注いでくれた飲み物は珈琲ではない。ミルクココアだ。

「け……結構、その、きちんと朝食をとられるんですね」

習志野は眉を寄せ、なぜか慌てた顔つきになる。

「食わないと頭が働かねぇだろうが。なんだ、お前。こういうのは嫌いか」

「いやっ、全然。美味しそうです。いただきます」

本当はあまり甘いものは得意ではないし、昨晩体内をかき回されたせいで胃もたれしそうだと感じたのだが、習志野が作ったものだと思うと話は別だ。

しっとりした生地を口に入れると、とろけた濃厚なバターの風味とメイプルシロップの甘さが絶妙に混じり合い、なんだかひどく懐かしい味がする。

――習志野さんのイメージではない、が。……あ。もしかして俺がこういうのを好きだと思って、それでホットケーキにしてくれたと。そういうこともあるかもしれない！

自分の正面に習志野が座り、一夜を共にした後のモーニングコーヒーならぬモーニングココアを一緒に飲んでいる。

改めて美里は、この空間にいることができる幸福を思った。

「お前はいつも、朝は何を食ってる。自炊だろ」

「はい。……そうですね」

美里の朝食など侘《わび》しいの一言で、とても話せるようなものではない。

面倒なので米は大量に炊いて冷凍庫に小分けにして保存してあり、あとはその都度《つど》チンして、缶詰や冷凍総菜、寝坊した日などは醬油とマヨネーズでかき込むのが常だ。

用意してくれた可愛らしい朝食を前にして、絶対にそんなことは言えないと躊躇《ちゅうちょ》する美里の頭に、いい考えが閃《ひらめ》いた。

「なんていうか、まあ。前の晩の相手が作ってくれる、ということが多くて」

眼鏡の端をくいと押し上げて言うと、習志野は口をへの字にした。

「なんだ、俺もそいつらのお仲間か」

「はは。後片付けはもちろん俺がやりますよ。いつもそうなんです」

美里は習志野の様子を観察しながら、ホッとしていた。

――よかった。昨夜はどうなることかと思ったが、俺が童貞だったというのはバレていないようだな。

プレイボーイのふりをするのはとても疲れたが、自分で思っていた以上に外見的には気障な振る舞いが似合うらしい。

それにバックバージンだということは正直に告げていたおかげで、習志野は疑っていないようだった。

習志野は新聞を広げ、顔は見えないがその指先を美里はじっと見つめる。

キッチンの小さな窓から射し込む朝の陽射しは、とても明るい。

ココアとホットケーキはちょっと甘すぎたが、今の美里の心境にはふさわしかった。

――俺はついている。火事のとばっちりをうけたときは、なんて不運なんだろうと嘆いたが。今は、一生分のラッキーを使ってしまったのではないかと思うくらいだ。

これからしばらくこんな日々が続くのだと思うと、美里の胸は浮き立った。

――それに、もしかしたら今日みたいな休日は、一日一緒に過ごせるかもしれない。

「習志野さん。今日はこれからどうするんですか？」

うん？　と習志野は新聞を畳んでこちらを見た。

「お前はどうするんだ。自宅のほう、話はついたのか？」

「あ、いえ。取り壊すか改修か決まったら、大家さんから連絡が来ることになっているので、動くのはそれからです」

もしかしてどこかへ出掛けようと誘ってくれるかもしれない、と美里はわくわくしたのだが、習志野はちらりと時計を見て立ち上がった。

「そうか。……俺はちょっと仕事で出る」

「えっ。休日出勤ですか？」

がっかりしたものの、内心をなるべく顔に出さないよう、美里はカップを口に運びながら問う。

「ああ。企画室長なんぞといっても、納期がぎりぎりの下請け工場のフォローだの、上のご機嫌とりだのいろいろあってな」

そう言われるとたちまち落胆は消えてしまい、休日まで仕事に費《つい》やす姿は格好いいなどと思ってしまう自分は、我ながら単純だ。

「それでは留守中、洗濯機を使ってもいいでしょうか。お借りしたパジャマなどを、洗っておきたいんです」

「ん。ああ。デスクの引き出しやらはあまり探って欲しくないが、それ以外は家のものを好きに使ってくれ。パジャマも買う金がもったいなきゃ、貸したのを使い続けていい。それと鎮痛剤を出してあるから、もし辛かったら飲んでおけよ」

忙しいのか、すでに頭が仕事モードに切り替わっているのかもしれない。

ろくに目も合わさず、そそくさと習志野は美里の脇をすり抜けて自室に向かい、美里が食器を洗っている間に支度を済ませてきた。

キッチンに顔を出し、じゃあな、と告げるとさっさと仕事へ行ってしまう。

「……いってらっしゃい」

小声でこっそり言って、美里は自分の顔が赤くなるのを感じた。

「いってらっしゃい、って！　あのキングに向かって言った！　これはすごいことだ。今日の朝こんなふうになるなんて、昨日は考えてもみなかったのに！」

嬉しさのあまりガッツポーズをとろうとした美里だったが、そのはずみに腰が痛んで、うう、と小さく呻《うめ》く。

年寄りのように腰を押さえ、それでも顔には笑みが浮かんでしまう。

よたよたとシンクに行って食器を洗い終え、ひとりになった美里は改めて周囲を見回す。

散らかってはいるがキッチン全体も食器も、よく見るとセンスがいい。

寝室やバスルームにしてもそうだが、大げさではない高級感、派手ではないが洗練された感覚に、さすがキングだと感心した。

――片付けて掃除すれば、きっと見違えるようになる。……やっても怒られないよな？

腰が少し痛いが、薬を飲めば大丈夫だ。習志野さんが優しくしてくれたからな。もっとも俺には比較する相手はいないが、本当に……うまかった。

昨晩のことが脳裏に再生されると、ますます顔が熱を持ってきて、しばらくぼーっとキッチンに立ち尽くしてしまう。

「なんだか足元がふわふわして、わたあめの上でも歩いているみたいだ……」

昨晩から急展開したことの成り行きに、まだ頭がついてこれていない。

宝箱が全開している美里は、文字通り完全に舞い上がってしまっていた。

世界がハートマークと砂糖菓子と、バラの花でできているように思えている。

とにかくまずは洗濯だ、と脱衣所に向かい、そこでさらに高い場所へと舞い上がった。

「うわ。本当にあった」

洗濯機の蓋を開け、そこに習志野のグレイの下着を発見したのだ。

「お、俺のと一緒に洗っていいよな。まずい、顔がにやけてしまう」

俺の頭は大丈夫か、と自分に突っ込みながら、美里は上機嫌で洗濯をした。

洗濯を終える頃には鎮痛剤が効いてきて、次に美里は掃除にかかった。

テレビ台の下に発見した埃すら、習志野の生活の一部に接していると思うと感慨《かんがい》深く思えてしまう。

習志野が日頃生活している空間にいて、細かな部分まで知ることができるようで、何をしても気持ちがはずむ。

洗面台の収納場所に、習志野の歯ブラシの隣に自分の歯ブラシを並べて置いてみたときには胸がときめいてしまい、携帯で記念撮影をしようかと考えたくらいだ。

ともすると、自宅が火災のとばっちりを受けたことなど忘れてしまいそうなほど、気持ちがうきうきとはずんでいる。

これまで誰とも手すら繋いだことがなかったというのに、思いがけない成り行きで初恋の相手と一夜を共にし、一緒に住むことになったのだ。

「家事を俺がやるとなると、エプロンがあったほうがいいな！　習志野さんは、どんなものが好みなんだろう。渋いバーテンダー風と白いフリルと、どちらにするべきか」

ピンクの宝箱からはこれまで無理だと抑制していた恋への欲求が、一気に噴き出してしまっている。

舞い上がるなというほうが無理だった。

しかし午後になり、携帯電話にかかってきた大家からの電話に出た美里は、途端に現実に引き戻されたように感じてしまう。

面倒だったが自宅の様子を見に戻り、不動産屋と大家から、取り壊しや賃貸契約の解消についての話を聞いた。

水をかぶった部屋をもう一度のぞいてみたものの、再び使えそうな家財道具はほとんどなく、見ていると滅入《めい》ってしまいそうになる。

不用品の廃棄処分はこちらでやらなくていいというのが、唯一の救いだった。

これから秋が深まるにつれ、冬物衣料だって買い直さなくてはならない。

が、アパートを後にして青空の下を歩くうちに、今日はこれからまた習志野の自宅に戻るのだと思うと、だんだんと気分は浮上した。

帰り際にスーパーに寄り、夕飯の食材を買い込んだが、その作業すら楽しくてたまらない。

主婦に混じって、好きな人に料理を作るために買い物をしているんだと思うと、家に愛する人がいるという実感が湧いてきた。

買い物袋を持って習志野のマンションに向かう道すがら、鼻歌交じりにスキップしてしまいそうだった。

帰宅すると美里は早速、夕飯の支度にとりかかる。

――メインを生姜《しょうが》焼きにして、付け合わせにキャベツと目玉焼きでいいか。

特別に料理がうまいというわけではないが、薄給でやりくりしていたため、簡単な家庭料理なら作れた。

――美味しいと言ってくれるだろうか。

好きな男のために相手の家のキッチンで、帰宅を待ちながら夕飯を作る。

世界中に祝福されている気分で残った食材を仕舞《しま》おうと冷蔵庫を開け、そこで美里は固まった。

中にはいくつものプリンと、紙パックのいちごミルク、それにチョコレートバーが大量に入っていたのだ。

下段にずらりと並ぶのは、コンビニで期間限定発売のババロアだ。大人気で売り切れ続出だとテレビで話題になっていたが、入荷と同時にまとめ買いでもしたのだろうか。

「こ、これは……まさか習志野さんが……」

どうやらホットケーキは美里のためではなく、習志野がものすごい甘党だったからのようだ。

ババロアを食べる習志野の絵面《えづら》が、どうしても美里には思い浮かべられない。

しばらく腕組みをして、眉間に皺を寄せていたのだが。

「……そ、そうか！　あれだ。頭を使う人というのは、糖分を欲しがるらしいからな」

ぐらっと崩れかけたキングオブシティのイメージを、美里は必死に立て直す。

美味しくもなさそうに甘味を摂取しつつ、バリバリとデザイン画を作成する習志野の姿を思い浮かべると、それはそれで有りのような気がしてきた。

やがてきっちりとテーブルをセットし、皿を並べて、ひたすら習志野の帰宅を待つこと数時間。

遅いな、と溜め息をついた美里の耳に、電話の音が飛び込んでくる。

携帯ではなく習志野の自宅の家電なので、出てもいいのかと迷っているうちに、留守番電話に切り替わった。

『もしもし、俺だ。美里、いるか』

わっ、と慌てて美里は受話器に飛びついた。

「はい！　美里です。電話に出てしまったらまずいかと考えて出ませんでしたが。今、まだ会社ですか？」

朝以来、数時間ぶりに聞く声に緊張してドキドキしている美里に、そっけなく習志野は言う。

『ああ。今夜は帰れないから、適当に飯食って寝てくれ』

無情な言葉に、胸に冷たいものを押し込まれたように美里は感じた。

「――え。帰らないって………」

落胆のあまり言葉に詰まってしまい、変に思われないよう何か言わなくてはと、つい余計なことを口走ってしまう。

「も、もしかして誰かとデート、ですか」

『野暮なこと聞くんじゃねえ』

釘を刺すような言い方に、美里は慌てて話を変える。

「いえ、あの、食事を一応、用意していたので、どうしようかなと。明日、食べていただけるなら冷蔵庫に入れておきますが」

『ああ？　まあ、適当にやっといてくれ。だが俺の帰宅は不規則だし、今後そんな面倒なことはしなくていい。気を遣われるとこっちも気を遣うからな』

面倒？　気を遣う？　グサグサと氷のナイフで胸を刺されるように感じながら固まっている美里に、淡々と習志野は続ける。

『テレビボードの引き出しに合いカギが入ってるから、明日の朝はそれ使って戸締りしてくれ。じゃあな』

「は、はい。でもあの」

ぷつ、と唐突に電話が切れて、美里はしばらく茫然と、受話器を持ったまま立ち尽くしてしまった。

ツー、ツー、という機械音が、やけに大きく響いて聞こえる。

やがて美里は受話器を置くと、肩を落として皿の並んだテーブルに着き、しばらくぼんやりとそのまま座っていた。

胸の中でズーン、と重苦しい音をさせて、宝箱の蓋が閉まる。

蓋の上には習志野の言葉が漬物石《つけものいし》と化して、いくつも積み重なっていた。

「……バカだな、俺は。バカすぎる。何をやっているんだ」

大きな溜め息をつき、天井を仰ぐ。

習志野が自分に手を出したのは、あくまでも遊びであり家賃の代わりだ。

付き合っているどころか美里はプレイボーイだと自称しているし、こちらの気持ちさえ習志野は知らない。

部屋を提供してくれたのは単なる親切心だし、多分誰であっても同じように救いの手を差し伸べてくれただろう。

美里の他にも、習志野には何人も相手がいるに違いない。

もしかしたら今だって、誰かと楽しそうに恋を語らっているかもしれないではないか。

――勘違いしたら駄目だ。

美里は夢から覚めようとするかのように、パン、と両手で顔を挟む。

先ほどの話やバーでの言動を顧《かえり》みるに、習志野は面倒だったり重たいと感じる行為を嫌っているようだ。

間違っても、しつこい押しかけ女房のようだと思われてはならない。

——そうだ、俺は習志野さんの同類で遊び人、ということになっているんだ。あっちに遊ばれているんじゃない。こちらが遊んでいるんだ、くらいの態度でいよう。

よし、と顔を上げたものの、いそいそと並べた箸《はし》や茶碗を見ると、再びがっくり九十度に頭が下がる。

——同類だと思ったからこそ、習志野さんが同居を持ちかけてくれたとも考えられる。面倒もないし、割り切れるからな。……ということは。つまりここに暮らす限り、俺は遊び人に化けていたほうがいいということだ。俺が本気で、初体験を捧げた初恋だなどとバレたら。……重くて鬱陶《うっとう》しいと嫌われるのがオチだ。

ふいに目の前がぼやけ、美里はぎゅっと目を瞑《つぶ》る。

——もしまた料理を作るとしても、一生懸命に作ったと思われるようなものは避けなくては。友達……とも少し違うな。俺にはよくわからないが、セックスフレンドという相手に接する程度に。見た目は適当にさりげなく。……心を込めて作ることはやめられないが。

心の中の宝箱に鍵をかけ、美里は箸でつんつんと生姜焼きをつつく。

ずっと帰宅を待っていて空腹のはずなのに、食欲はまったくなかった。

もったいないからと口には入れたが、砂を噛むように味気ない。

美味しく食べてやれなくてごめん、と食材に詫びつつ、美里はひとりきりで侘《わび》しい夕飯を済ませたのだった。

単なる居候で、気が向けば身体の関係を持つだけの相手。

習志野からの電話の後、美里は必死に自分にそう言い聞かせていた。

けれど実際に身体を重ねたことで美里の中で習志野は、眺めているだけだった憧れの存在から、血肉の通う生身の人間として大きく変化している。

週明けの翌日は出勤し、何事もなかった顔をして外回りに向かったが、移動中などに気を抜くとつい、習志野のことが頭に浮かんでしまった。

自分を抱いた力強い腕。一瞬だが重なった唇。吐息と汗。

すべてが生々しく記憶されていて、気が付けば反芻《はんすう》するように思い出してしまう自分がいた。

――とにかく俺は、習志野さんにとって大勢の中のひとり。それを肝《きも》に銘《めい》じよう。今夜だって帰ってこないかもしれない。

自分に言い聞かせ、頭の中でピンクの宝箱の蓋が開かないよう縄でぐるぐると縛りながらラッシュの電車に揺られて、しょんぼりと帰宅したのだが。

「おう、おかえり。随分《ずいぶん》綺麗に掃除してくれたんだな」

玄関からリビングに向かう廊下の途中で、キッチンに通じるドアを開けて顔を出した習志野に、背後から声をかけられた。

美里より先に帰宅していたらしい。背中に手を回すようにして、ポンと肩を叩かれる。

至近距離で見る習志野は、頭の中に思い浮かべていたよりずっと格好いい。

――ずるいだろう、このルックスは！

しっかりと縛っていた宝箱の縄は、ピンクのハサミで簡単にチョキンと切られてしまった。

けれど自分は遊び人だったのだと思い出し、平然とした余裕の表情で習志野に笑いかける。

「暇だったので、少し片付けただけですよ。昨日は身体が辛くて、出掛ける気にもならなかったですし」

言いながらリビングに入ると、習志野はどすっとソファに腰を下ろす。

「休日を台無しにしちまったか。何か予定があったなら悪かったが」

まあ一応、と美里は精一杯格好つけて、前髪をサラリとかき上げてみせる。

「実はデートを棒に振ることになってしまいましたが、家賃のためなら仕方ないですからね。約束していた相手には、可哀想ですが泣いてもらいました」

我ながらいい演技だ、と美里は思ったのだが、習志野は高い鼻に皺を寄せる。

「本当に気障ったらしいセリフを吐くやつだな。お前に泣かされる相手は、その芝居がかった口調にころっと騙《だま》されてるんだろう」

『芝居がかった』というのは、ある意味図星だった。

さあどうでしょう、と美里は誤魔化し笑いをしながら上着を自室に置いて、手を洗うべく洗面所へ向かう。

そこでふと、あることに気が付いた。先刻肩に手を回されたとき、かすかではあるが習志野から、爽やかな石鹸《せっけん》のような香りがしたのだ。

洗面所から続くバスルームのドアを開け、ボディシャンプーを鼻に近づけてみるが、ここのものとは違う香りだ。

それにバスルームは乾いていて、今日使われた形跡はない。

――やっぱり、会社に泊まったわけじゃないのか。どこかのホテルに……。

覚悟していたこととはいえ、ずーんと美里の心は鉛《なまり》を飲んだように重くなる。

一昨日あんなふうにして人を抱いて、翌日にはもう違う誰かを抱けるものなのだろうか。

唇を噛んだ美里だが、それでも習志野への想いは揺るがなかった。

――いやいや、そういう人だからこそ、俺をこの家に入れてくれたんだ。一途《いちず》に想っている恋人がいたら、俺のことなど鼻も引っかけてくれなかったに決まっている。

必死に前向きに考えて、手を洗ったついでに顔も洗い、深呼吸を一つして、気持ちを切り替えてからリビングへと赴いた。

「習志野さん、夕飯はもう食べましたか？」

「ああ、外で食ってきた」

俺と一緒に食べる気はないんだ、と美里は内心拗《す》ねるが、それを表に出すほど幼くはないし、本音と建て前の使い分けは営業で鍛《きた》えられている。

「そうですか。だったら俺も外で食べてくればよかった。……狙っている可愛い新人がいるので誘おうかと迷ったんですが、もし習志野さんが待っていたら悪いかな、と思ってしまって」

張り合うように言うと、習志野はフンと鼻を鳴らした。

「職場の相手に手を出すのは、褒《ほ》められたもんじゃねぇな。しかも新人か。パワハラにならないように気を付けろよ」

「習志野さんじゃあるまいし、平社員の俺にはパワハラできるほどのパワーはないですよ、残念ながら」

「俺は仕事と遊びはきっちり分ける」

ポンポンと交わす言葉の応酬は軽快だが、話せば話すほど美里の心には鉛の錘《おもり》がずんずんと積み重なっていく。

何しろこちらは嘘八百を並べているのだから、虚《むな》しいことこの上ない。

「はいはい、俺の負けということでいいです。習志野さんにはかないません」

めげた本音が表情に出る前に、明るい声でそう言って話を打ち切り、美里はキッチンへと向かった。

収納庫を開け、自分で買っておいたパスタの束を取り出してテーブルに置き、鍋に水を入れていると、キッチンの入り口から声がかけられる。

「おい。冷蔵庫の中に、笹丸屋《ささまるや》のワッフルが入ってるから。小腹が空いたときにでも食え」

「え。恵比寿《えびす》の笹丸屋といえば、行列ができる店ですよね？」

期間限定のババロアと同様、甘いものに興味のない美里でも耳にしたことがある有名店の人気商品だ。

買うには相当に時間がかかったのではないかと驚く美里に、なぜか慌てたように習志野は言う。

「べ、別に。言っておくが、お前のために並んだんじゃないぞ。……つまり、貰ったんだ、取引先の人間に」

「あっ……そうなんですか？」

「特にアプリコットジャムのが美味い。……らしい」

はあ、と習志野の意図がわからず曖昧に美里がうなずくと、習志野は男らしい眉を寄せた。

「お前、もしかして甘いものは苦手か？」

「あっ、いえ」

貰い物とはいえ、せっかくのお土産だ。首を振ると習志野のいつもは鋭い目に、安心したような光が浮かんだ。

「だったらいい。俺も嫌いじゃないからな。……他にも冷蔵庫の中のもん、好きに使っていいぞ。多めに買っておいた」

口調はぶっきらぼうだが親切な習志野の言葉に、美里は礼を言った。

「ありがとうございます。でも昨日俺が買っておいた食材があるので、今夜はそれで済ませますから」

「外で食ってなかったら、俺の分も作るつもりだったのか？　……他の相手にも、こんなふうに飯作ったりしてやってるのか」

え？　と振り向こうとした美里の身体は、背後から抱き締められた。

「なっ、習志野さん？」

いきなりの抱擁《ほうよう》に美里は動揺し、水の入った鍋をシンクに置く。

新婚カップルみたいだ、と嬉しい反面、急な展開にとまどってしまう。

「あの。どうかしましたか」

「どうしようもない悪魔だな、お前は」

耳元で囁かれて、美里の胸の鼓動が一気に速くなる。

「掃除洗濯の上に家庭料理なんて可愛いことをして、そうやって男をたぶらかしてきたのか」

は？　と一瞬美里の目は点になったが、遊び人設定としては　それでいいのではないかと考える。

「まあ、そうですね。それがモテる秘訣ですから。マメじゃないと、プレイボーイはつとまりません」

ち、と習志野は小さく舌打ちをする。

「つくづく鼻持ちならない野郎だ。お前と話してると、そのお高くとまったツラを泣き顔にしたくなる」

「そんなことを言われても、この顔は生まれつき……っあ！」

シャツの上から胸の突起を探り当てられ、美里はビクッとした。

「な、なんですか、急にこんなところで……っ、あ、やっ」

習志野の左手は胸を、右手は下腹部を探り、ジッパーが下ろされる。

「言っただろ。家賃だ」

「だけど、まさかここで……そんな、っん！」

爪の先で突起を刺激され、美里はきつく目を閉じた。

「あっという間にしこってきたな。服の上からもわかる」

「やっ、やめてください」

「こっちだけじゃない。下も、もうこんなになってる」

「な、何言って……んんっ、あ！」

美里はシンクの縁に両手をつき、身体を支える。

習志野は美里の足の間に腿《もも》を入れ、閉じないようにしておいてから、下着の中に手を入れてきた。

はあっ、はあっ、と早くも美里の呼吸は速くなり、体温はぐんぐん上昇していくのだが、求められる嬉しさより抵抗感が勝っている。

最初の晩はまだ酒が入っていたし、寝室は間接照明だった。

こんな明るい蛍光灯の下、しかもキッチンでことに及ぶなど、想像しただけで恥ずかしくておかしくなってしまいそうだ。

「だ、駄目。ここじゃ、いや……だっ」

「どうして。お前だって、飯作ってる相手に欲情したことがないとは言わせねぇぞ」

言わせないと言われても、童貞なのだから襲ったことなど本当にない。

けれどそれを口にするわけにはいかない美里は、羞恥のあまり目に涙を浮かべる。

「やるのはいいんです！　でも、やられるのは嫌なんですっ」

「我儘《わがまま》を言うんじゃねぇ」

背後にいるため習志野の表情はわからないが、苦笑しているような声だった。

「少し黙ってろ。ほら、聞こえるだろうが」

「え……？」

なんだろう、と思わず口を閉じた美里の耳に、くちゅ、という濡れた音がした。

「っあ！　んぅっ」

「もうぬるぬるになって、糸引いてるぞ」

「やめっ、あ、あう」

先端を指の腹で撫でられるたびにいやらしい音が聞こえ、それに合わせてひくひくと腰が震えた。

「は、恥ずかし……っ、いっ、も、そこ、や」

前を弄られながら、尖《とが》った乳首をきつくつまれ美里は身をよじる。

乳首への刺激に気を取られていると、習志野は右手でずるりと美里の下着を脱がせた。

ぷるん、と勢いよく飛び出した自身に、美里は顔から火を噴きそうな思いがする。

「だいぶ窮屈《きゅうくつ》だったみたいだな」

「な……習志野さんが、こんなこと、するから」

泣きそうな声でそう言い訳をしたが、習志野は鼻で笑った。

「自分の身体がいやらしいのを、俺のせいにするな」

「いやらしくなんか、ないです！」

キッと涙目で振り向くと、ふーん、と習志野は薄く笑う。

「だったらこのままでいても、何も困らないよな」

「あ……っ、あ、やっ」

習志野の両手が美里の胸に回され、突起に触れてくる。

下半身を丸出しにされ、シャツを胸までまくられた格好で、習志野は焦らすように美里の乳首を刺激し始めた。

「んっ、い、痛……っ、んう」

きゅう、と中指と親指できつく突起をつまんでおいて、先端を人差し指の腹が優しく摩ってくる。

「は、あ……っ、う」

火傷をしたような痛みに甘い痺れが混じり、美里の吐息は熱くなっていった。

「あっ、んんっ」

そうしながらうなじにくちづけを落とされて、ぞくりと全身が総毛立つ。

美里のものはさらに頭をもたげ、先端から透明なしずくが盛り上がっては零れ落ちた。

「な、習志野、さん。もっ、もう。俺」

「どうして欲しい？」

余裕の口調で聞かれて、美里は降参した。

「い……いきたい、です。我慢、できない」

達することのできないもどかしさに懇願すると、それなら、と習志野は悪魔のように命じる。

「そこのグリーンのラベルの小瓶、手が届くだろ。こっちに寄こせ」

「……え？」

火照《ほて》ってのぼせたようになっている頭で、美里はそこってどこだろう、とシンクの脇を見る。

「グリーン……これ？」

なんだかよくわからないままに手に取って渡すと、習志野はパチンと片手で蓋を開く。

――なんだろう。まさか。

不安と身体の興奮で震えながら、シンクの端にしがみついていた、そのとき。

「うあっ、なっ、何」

ぬるりとした指が後ろから触れてきて、美里は飛び上がりそうになる。

「おい。なんで逃げようとする。欲しいんだろうが」

「だ、だって……っうう！」

「オリーブオイルだ。キッチンでやるとき、使ったことないのか？」

──料理以外の使い方なんて、知るわけない！

心の中で悲鳴を上げつつ、美里は強がる。

「俺はそんなっ！　たっ、食べ物を粗末になんか、しないですからっ、もっとスマートに……ひうっ！」

ぬうっと指が入ってきて、息が詰まる。

「無駄じゃない。お前が美味しく飲み込んでるじゃねぇか。……一昨日のダメージはないみたいだな」

確認するように習志野の指が内壁を探り、快感の混じった異物感に、美里の全身にざわざわと鳥肌が立つ。

「ぃやあ、んっ、ああっ」

シンクに突っ張っていた両腕に力が入らなくなっていき、上体が低くなって、意図せず腰を後ろに突き出す格好になってしまう。

「あ……っ、うう」

「やっぱりいやらしいな。自分から尻を押し付けてきて」

「ちっ、違……っ、い、やぁ」

頭を下げた姿勢になっているので、膝にボクサーパンツとスーツの下がひっかかってしわくちゃになっているのが見える。

そしてその上に、勃ちきってゆらゆらと揺れ、透明な液体を床に滴らせる不埒《ふらち》な自身が目に入った。

あまりに淫《みだ》らな自分の状態に、美里は耐えられなくなる。

「も、いや。や、です、こんな」

「いきたいんだろうが。なんで嫌がる」

「だって！　キッチン、なのに。こんな場所で、こんなことを」

「なんだ。お前だってやってることだろ？」

あっさりと返されて、疑われてしまったかと、美里はびくりとする。

「やっ、やってます！　やってますが」

苦しい息で必死に釈明をした。

「玄関でも風呂でも、どこでもやりまくって……でも、や、やるのとやられるのは、違うから……っあ」

セックスに不慣れな美里としては、寝室のベッドでさえ無防備に快感に浸《ひた》ることに抵抗があるのに、キッチンでことに及ぶなど信じられないことだった。

そんな美里の内心など知るはずもなく、習志野は無情に言う。

「お前が集中できずに感じないってんなら、寝室に移動してもいいが」

「っあ、はあっ」

「もうこの中、熱したクリームみたいに、とろとろじゃねぇか」

「あう！」

ずずっ、と抉るように指を使われて、美里の身体は隠しようもなくびくびくと素直に反応を返す。

「っあ、ああん、っ」

ぬるぬると強く弱く、習志野の指は美里の中をさらに押し広げ、慣らしていった。

立ったまま後ろを弄られて、美里の足はぶるぶる震えている。

「あ、うう。も、もう、立ってるの、辛い……ですっ」

涙交じりの声で喘《あえ》ぐように訴えるとゆっくり指が抜き取られ、美里はその刺激に唇を噛んで耐えた。

「……っう、ん……っ」

奥深くまで火をつけられてしまったせいで、後ろの口がひくついているのが自分でもわかる。

――ちゃんとベッドで、抱き合ってなら……して欲しい。でも、こんなのは恥ずかしくて嫌だ。それなのに……いきたくてたまらない。

肘《ひじ》ががくんと折れ、シンクにしがみつくような体勢になった美里の腰を、背後から習志野の逞しい腕が抱える。

入れるぞ、という囁きに、無意識に美里はうなずいていた。

「——っゃああ！」

ぬるぬるになっている体内に、ゆっくりと、しかし容赦なく硬く熱いものが挿入されていく。

「ぅあ、あ……ああ！」

指で解された内壁は、この前よりスムースに習志野のものを飲み込んでいった。けれど体格差があるため、深く埋め込まれていくに従い、美里の腰は高く上がり、爪先立ちになってしまう。

「深い……っ、く、苦し……」

習志野は美里の中を味わうように、深く浅く腰を使った。

「苦しいばっかりじゃ、ねえだろ。……こんなに溢れさせやがって」

揺れながら先走りを零す美里のものに、習志野の右手が絡みつく。

「はあっ……駄目ぇ、も」

すすり泣く美里の身体を、いいように習志野は貪《むさぼ》った。

「い、いっちゃう……、も、やめ」

習志野が腰を揺らし、指先が自身を撫で上げるだけで、美里は悲鳴に近い嬌声《きょうせい》を上げてしまう。

――ど、どうしよう。習志野さん、なんだかすごく意地悪だ。でもそれなのに……おかしくなりそうなほど気持ちがいい……！

激しく何度も最奥まで貫かれて、美里の目の前が白く光る。

同時に激しく腰が痙攣《けいれん》し、キッチンの床を白いもので汚してしまったのだった。

習志野の自宅に居候するうちに、気が付けば通勤途中の街路樹は色を変え、季節は初冬を迎えていた。

――なんだか、思っていたのと違う。

大好きな人と同居しているはずなのに、美里は早くも恋の夢と現実とのブレに気が付き始めていた。

習志野とは、いまだに告白どころか心を通わせるような会話をしていない。

デート、告白、手を繋ぐ。そのいずれも美里と習志野の関係には存在していなかった。

だけでなく、二人でいても好意を感じられる甘い雰囲気になったことは、一度もない。

それにこの一か月ばかりの間、習志野は頻繁《ひんぱん》に家を空けて外泊を繰り返している。

いったい何人相手がいるのか知らないが、本当に遊び人の名にふさわしい夜を過ごしているらしかった。

一方美里は習志野がいると思うと、以前は頻繁に通っていたバーにも寄らずに、いそいそと帰宅している。

そもそも、あのバーに行く目的の半分は、習志野の顔が見たいがためだったのだからそれも当然だ。

少しでも好感度を上げようとせっせと掃除をし、食べてもらえないことが多くても料理を作るが、当然のことながらまったく報われない。

朝は必ず習志野より先に起きて洗顔し、髪を整え、できるだけ寝起きの冴えない顔は見せまいとがんばった。

――目ヤニなんかつけていたら、百年の恋も冷めるというものだ。……恋なんてされていないが。しかし一緒にいて、セ、セックスだってしているんだから。可能性がゼロというわけじゃない……多分。

無駄かもしれないと思っても、好きな相手に自分のみっともない部分は見せたくない。

少しずつ距離を縮めたわけではなく、いきなり同居してしまったために、素の自分をまだ見せられないという緊張感が常にあった。さらにはプレイボーイを装っているから、余計に冴えない姿は見せられない。

けれど表情や言葉でどんなに格好をつけていても、限界がある。

「あれ？　な、なんではずれないんだ。確かこれでよかったんだよな？　こうか？」

この日美里は、出社前にキッチンから運んできた椅子に乗り、悪戦苦闘していた。借りている部屋の蛍光灯が切れたため、明るい朝のうちに取り換えようと考えたのだが、丸い大型のシーリングライトのカバーがなかなかはずれてくれない。

帰宅してからではすでに外が暗くなっているから、今のうちに済ませてしまいたいのだが、あまり出勤までの時間に余裕はなかった。

首が痛くなるほど上を向いたまま、懸命にだるくなってきた手でカバーを引っ張ったり押したりするうちに、美里はだんだんと焦ってくる。

――なんで取れないんだ……。しかし丁寧にしないとな。俺の家ではないんだから、壊したりしたら大変だ。高そうだし。

と、部屋のドアがふいに開いた。

「おい、俺はそろそろ出るぞ。まだかかりそうなのか」

「あっ、はい、すぐに……」

言いながらぐるりと手を回した途端。

「……！」

大きく両手を開いてつかんでいたカバーが突然ガコンとはずれ、美里の身体はぐらりと傾いた。

「うわ！」

「美里！」

けたたましい音をさせて椅子が倒れた瞬間、がしっと習志野がタックルするように、美里の腰を抱えてくれた。

おかげで頭からひっくり返りはしなかったものの、勢いのままにふたりして、どすんと床に倒れ込む。

「おい、大丈夫か？　どこか打ったか」

美里はハッとして上体を起こし、つかんだままのカバーに目をやる。

「大丈夫です！　よかった、どこも壊れていない」

ホッとしながら言ったのだが返ってきたのは、そっちじゃねぇ！　という怒声だった。

ビクッとなって美里は周囲を見回す。

「あっ、すみません！　倒れた椅子で床に傷がついてしまいましたか？」

慌てる美里の手から、習志野はカバーをもぎ取ってポイと放った。

なんなんだと困惑する美里の手を取り、険しい目つきで次に腰や足に触れてくる。

「どこか痛むところは」

「……あ」

俺のことか、と気が付いた美里の心臓が、どきりと大きく跳ねた。

――心配してくれたのか？　高そうなシーリングライトより、フローリングの床に傷がつくより、俺のことを。

固まってじっと見つめている美里から、習志野は気まずそうに視線を逸《そ》らした。

「大丈夫そうだな。……怪我なんかしたら、心配するやつが何人もいるんだろうが。気を付けろ」

ぶっきらぼうに言ってから、ふんと習志野は鼻で笑う。

「まあ俺ほど大人数じゃないだろうがな」

それを聞いて、ようやく美里の頭は我に返ったように動き始める。

「そ……そうですよ。習志野さんほど大勢には手を出していません」

「相変わらず可愛くないやつだ」

言ってから、習志野は壁の時計を見て急いで立ち上がった。

「俺は行く。お前も急がないと遅れるぞ」

「はい、すみません。出勤前にお騒がせをして」

早足で退室する習志野の背中を見送りながら、美里はしばらく床にへたり込んでしまう。

みっともないところを見せてしまった恥ずかしさと、助けてもらった嬉しさで、苦しいくらいに胸がドキドキしてしまっている。

そっちじゃねえ！　という習志野の怒声が、何度も頭の中でリフレインした。

パカーンと、もう絶対に開くことはないと思っていた宝箱の蓋が開く。

——一言も俺の失敗を責めなかった。バカにしたり笑ったりもしなかった。……あんなふうに怒るほど心配してくれた……！

口調はぶっきらぼうだったし、優しい笑顔を向けられたわけでもない。けれどもしかしたら、ほんの少し。かすかにでも自分に対して好意を持ってくれている可能性があるのではないかと考えるのは、己惚《うぬぼ》れているだろうか。

——少しくらいなら、希望があるかもしれない。俺がもっと習志野さんのために尽くして。掃除洗濯をがんばって、振り向いてくれそうになったら俺から告白して……。

思いかけて、美里はいやいやと首を振る。

——駄目だ。だって俺は、プレイボーイということになっている。今さら嘘でしたとは言えないくらい、たくさんの嘘をついてしまった。バレたら軽蔑《けいべつ》されるだろう……それに俺が片思いしていると知られたら、重たすぎると嫌われるかもしれない。どうすればいいんだ。

こうした些細《ささい》な、それでも美里にはとても大きな意味を持つ習志野との日常のワンシーンは、一緒に過ごすうちに日々積み重ねられていく。

同時に夢と現実のギャップも、補正がきかないほどに広がり始めていた。

そして美里の習志野に対する憧れに近かった感情が、もっと厄介な深いものに変わっていくのに、そう時間はかからなかった。

月日が経過するにつれ習志野と一緒に過ごす時間は、美里にとってかけがえのないものになっていく。

けれど美里が『まるで恋人のようだ』と錯覚して、ピンクの宝箱の蓋が開いた途端、全力で習志野に閉められるということの繰り返しだ。

最初のうちは、ただ同居できて幸運だと喜んでいた美里だったが、最近は必ずしもそうではなくなっている。

習志野がいない夜は寂しさが押し寄せてきたし、何より『嫉妬《しっと》』という感情を抑えきれなくなってきていたからだ。

習志野と出会った頃、少女漫画ばりのキラキラした夢だけが詰まっていた宝箱の中に、これまでとは違うものが混じり始めている。

どろどろした独占欲、執着心。

当初は部屋の掃除をしていても、習志野の世界を知っていくようで嬉しかったのだが、留守番電話に女性の声が入っていたり、かつて習志野と遊んだ誰かの痕跡が、見たくもないのに目に入ってしまう。

先日などは寝室のヘッドボードの引き出しに、女性の忘れ物らしきものを見つけてしまった。

女性ものの小物のことなど縁がないから、用途は判然としない。

それは上方にアクリルのバラの飾りがついた、金属製のピンだった。

多分、少し先端が尖っているからブローチのように使うものかもしれないし、まとめてお団子にした髪に挿す飾りかもしれない。

いずれにしても、そのピンは心持ち曲がってしまっているから、もう使えないのではないかと思う。

それでも大事にとってあるところを見ると、よほどお気に入りか今でも続いている相手のものなのかもしれなかった。

『もしかして習志野さんは、女性ともお付き合いできるんですか？　まずいかなと思って、留守電は出ていないですが』

嫉妬で苦しい気持ちを抑え、得意のポーカーフェイスでさりげなく尋《たず》ねたのは、つい先刻のことだ。

『ん、ああ。気が向けばな』

へえぇ、とむかっ腹を立てた美里は思わず虚勢を張り、言わなくていいことを言ってしまった。

『実は俺もなんですよ。たまには女性とも遊んでいるんです。美しい人、可愛い人に男性も女性もないですからね』

そんな美里の、以前に芝居がかったと評された言い方が、習志野の癪《しゃく》に障《さわ》ったらしい。

生意気だ、躾けてやると言わんばかりに、今夜はリビングでことに及ばれてしまっている。

「あっ、あんっ……！　も、もうやだぁ……っ、あ」

煌々《こうこう》と明るい蛍光灯の下、全裸にされて騎乗位という格好で身体を貫かれながら、美里は散々に鳴かされていた。

リビングの窓は大きく、下までガラスの入っている造りのため、明るい室内は外から見えているのではないかと思うと、それだけで泣きたくなってくる。

「み、見えちゃう。見えちゃう、から」

ロールスクリーンを下ろしてくれとさっきから懇願しているのだが、習志野は聞く耳を持ってくれない。

大きなクッションを枕代わりにし、余裕の表情でこちらを眺めながら言う。

「前はどうせ壁だ。外からのぞかれることはない」

「でもっ……あっ、あう」

美里が恥ずかしがるのは見られるかもしれない、ということだけでなく、外が暗いので窓ガラスにはっきりと自分の痴態《ちたい》が映ってしまっているからだ。

横たわった習志野の上にまたがり、自ら腰を揺する美里のものは、痛いほどに反り返ってしまっている。

「ほら、いきたいんだろ。自分で動かないと終わらねぇぞ」

そう言う習志野からは、甘いチョコレートの香りがした。

さっきまでチョコバーをつまみに洋酒を飲んでいたからで、美里は見ているだけで胸やけしそうだった。

習志野が極度の甘党だということは、すでに疑いようがない。

「こ、この姿勢っ……こ、こんな奥まで……っ、辛い……」

自重で限界まで深く飲み込んでいる状態まで、習志野には見えてしまっているはずだ。

それに習志野は服を着たままなので、余計に自分が淫らな存在のように思えてしまう。

——チクショウ。こんな砂糖まみれの男を、俺はなんで好きになったりしたんだ！

近頃では想いが募る反面、習志野に腹を立てることもたびたびあった。

男女合わせて何人もいるであろう習志野の遊び相手のことを考えると、苦しくてたまらない。

ただでさえ嫉妬と惨《みじ》めさを感じているというのに、習志野はなぜかひどく意地悪く美里を抱く。

ベッドで優しく抱き合うようなものではなく、今夜のようにプレイといった感じのセックスばかりだ。

――もし俺が本命なら、大切に抱いてくれるんだろうか。

そう考えると心は冷えるのに、身体の熱は収まってくれなかった。

「本命は、どんなふうに抱いてるんだ」

「え……っ？」

一瞬、心の中を読まれたのかと美里は動揺した。もちろんそういうわけではなく、習志野はからかっているらしい。

いつもの皮肉そうな笑みを浮かべている引き締まった精悍な顔立ちを、美里は恨めしく見下ろす。

「ほ、本命なんて、いな……いっ、です」

「そいつとしかキスをしないって、約束したやつがいるんだろ」

そうだっけ、と美里は快感で朦朧《もうろう》とした頭で考える。

「あ……そ、その人は、もちろん……大切に、優しくして……っああ！」

ふいに習志野が腰を揺すり、美里は喘ぐ。

「でもお前が、こんなふうに男に抱かれてると知ったら、幻滅するんじゃねぇのか」

「っあ、そんな……っ、こと……」

「こんな細い腰で」

習志野の両手が、美里のウエスト部分にそえられる。

「こんなエロい身体で、どう男を鳴かせてるのか、想像ができないな」

「っんん、ぃやっ……あ！」

身体のラインをなぞるようにして、習志野の手が胸の突起に触れてきた。

「そ、そこ、やめっ」

「どうして。もうすっかりここで感じるようになってるじゃねぇか」

「いっ……あんっ、んう」

きゅう、と両方のしこりをきつくつままれると、痺れるような甘い痛みが走る。

「つっ、も、離して、くださ……っ」

顔をしかめるほどに強く刺激されてから、そっと羽根の先で触れるように優しく触れられると、痛みがジンと疼《うず》くような快感に変わっていく。

「駄目ぇ。んうっ、っあ」

美里は習志野の腕に手をかけ懇願するが、さらに指先は巧みに動いた。

そのせいで無意識に美里の体内が、習志野のものをしめつけてしまう。

「すごいな、美里。お前の中、飲み込もうとするみたいにうねってる。……乳首でいっちまいそうなんだろ」

揶揄《やゆ》するような習志野の声に、美里の頬がさらに火照る。

「いっ、言わないで、くれ、そんなっ！」

恥ずかしさにますます身体は過敏になり、習志野の腹の上に、自分のものの先端から、先走りが滴ってしまっていた。

男の上であちこちを固くし、汗と体液に濡れている自分の姿がガラスに映る。

「はっ、ああ、ん！」

習志野の指先一つに翻弄され、わずかな動きにもビクッと身体が反応した。

「もっ、もう、いく……っ！」

あと少しで達するというそのとき、習志野は美里から手を離す。

「……あ、はあっ」

ぎりぎりで快感の行き場をなくし、あまりのもどかしさに、美里は身悶えた。

「いきたかったら、自分で動けばいい」

「う、あ、あ」

もう何も考えられなかった。羞恥より何より、身体の中の熱を解放したくて、美里は自ら腰を揺すり始める。

「あうっ、あ、あんっ！」

間もなく激しく痙攣しながら身体を反らした美里の耳に、すげぇエロい、と感心したように習志野が言うのが聞こえる。

そのすぐ後に、身体の奥に熱いものがどっと溢れるのを、気が遠くなりながら美里は感じていた。


「いつも、あんなふうなんですか」

手を借りてシャワーを浴び、運び込まれるようにして習志野の部屋のベッドに倒れ込んだ美里は、隣に身を横たえる男に、拗ねた口調で言う。

「ああ？　そうだな、相手にもよるが」

お前だってそうだろ、と続く言葉に、美里はくじけそうになってしまう。

自分はもちろん、他の誰とも一度として経験がない。

今も昔も、関係を持つどころかキスをした相手でさえ、習志野ただひとりだけだ。

だが今こうして習志野と同じベッドにいられるのは、気軽な遊び相手と思われているからこその奇跡だというのも理解している。

であれば、プレイボーイを演じ続けるしかなかった。

「……ええ。まあ、同じことばかりでは飽きたりしますからね。その……ＡＶとか観て、今度はこんなのやってみよう、ということはありますが」

実際には観たことがない。ゲイを扱った作品にはもちろん興味があったが、万が一にも所持しているのを身内や知人に知られたらと思うと、購入することができなかった。

けれど習志野は納得したらしく、男ならみんなそうだろうと淡々と相槌《あいづち》をうつ。

「し、しかし、自分がやられるとなると別ですよ。……恥ずかしいですし」

「お前、やたらと恥ずかしがるよな」

習志野はごろりと寝返りを打ってこちらに身体を向け、右ひじを立て手のひらに頭を乗せる。

「他の連中に対してもそうなのか？　それとも俺だけか」

「しっ、下の立場は、習志野さんとだけですから。他の相手の場合とは、根本的にいろいろと違います。そ、それより習志野さんこそ、どうなんです」

あまり追及されると嘘がバレそうだと思い、美里は冷や汗をかきながら話を変える。

「他の人たちとセックスするときも、キッチンやリビングを利用してばかりなんですか？　マニアックすぎますよ」

「お前だって、風呂でもどこでもやるって言ったじゃねぇか」

「それは……あ、相手がそういうのを好んだ場合です。無理強いなどということはしません」

嫉妬も混じり、つい言葉に棘《とげ》が生じた。

「いくら男前だからといって、デリカシーがないと嫌われても知りませんからね」

「余計なお世話だ。それにお前は、他の連中とは違う」

「え……っ？」

ドキーンとして、美里は習志野の瞳を見つめる。カッと一気に頬が熱を持った。

パカッと宝箱の蓋が開いて、天使が奏でるラッパの音とともに、ハートマークが大量に放出される。

――ほ、他の人たちとは違う？　それは……もしかして、俺を。

期待を込めて息を詰めた美里に、習志野は無慈悲に告げた。

「何しろ家賃だからな。こっちが満足するまで納めてもらわねぇと」

ハートマークは一瞬にして砕け散り、天使たちは一目散に箱の中に撤退した。

緊張に熱くなっていた頭がさーっと冷えて、表情からがっくりした内心を悟られないよう、美里はもそもそと背を向ける。

「……なんだか、ものすごく疲れました。寝ます」

ああ、と習志野は応じてリモコンで照明を落とし、美里はこっそり溜め息をつく。

――俺は多分、とんでもない間違いをやらかしている。

両腕で自分を抱くようにして、身体を丸めて縮こまった。

――習志野さんは俺のことをいやらしいとからかうが。最近は本当に、身体がおかしいのが自分でもわかる。

日頃、シャツがこすれただけで乳首が感じてしまうこともあるし、こうして寝ていて耳元で話されたひょうしに息がかかると、それだけでビクッとなってしまうこともある。

皮膚がひどく薄く、神経がむき出しになったように敏感になったと感じていた。

習志野に時間をかけて愛撫《あいぶ》され開発された身体は、男の身体が与える快感を覚え込まされてしまっている。

——しかし習志野さんにとって俺は、単なる遊び相手のひとりで、一時的な関係に過ぎない。引っ越し先が決まったら、そこで終わりだというのに。身体は簡単に感じるし、気持ちも簡単に舞い上がる。習志野さんのちょっとした言葉や行為に振り回されて、手を離されたらどこかへ吹っ飛ばされてしまいそうだ。

このまま同居を続けるか、離れるかの選択に迷いはない。習志野の近くにいたいという気持ちに変わりはなかった。

そして同居を望む限りは、現状を肯定しなくてはならないだろう。

自分が重くない気軽に遊べるプレイボーイでいれば、習志野に鬱陶しいからと嫌われたりしないに違いない。

美里の読みは当たっているようで、早く引っ越し先を決めろとせっつかれることはまったくなかった。

むしろ習志野は、ボーナスが出る来月まで待ってやるから、焦らず時間をかけて慎重にゆっくり決めろ、と言ってくれているくらいだ。

その寛大さには感謝しているが、日に日に少しずつ美里の気持ちは複雑なものになってきていた。

家賃として抱かれることと、純粋に好きだという気持ちを、うまく分けてコントロールできなくなっている。

「……おい。寝ちまったか」

暗い考えに浸ってどんよりしていた美里は、ハッとして答えた。

「いえ。なんですか」

目に涙が浮かんでいたのを誤魔化すため、あくびが出るふりをしつつ習志野のほうに顔を向ける。

「次の日曜、空いてねぇか。実は……約束していた相手に、キャンセルされちまってな」

——えっ！　こ、これはまさか、デートの誘い？

海底一万メートルまで沈んでいた気持ちが、一気に太陽のきらめく海面まで浮上した。

ピンクの宝箱の中からは、慌ててラッパを抱えた天使たちが再登場して音合わせを始める。

ものすごく遠回りをしたが、ここからようやく最初のステップである、デートが実現するかもしれない。

しかしここで本音のままに、すぐさま飛びつくわけにはいかなかった。

何しろ美里は、習志野と同じプレイボーイなのだから。

「あー……ええと。どうでしょう。忙しい身ですから、デートのスケジュールを確認しないと、はっきりとはお返事できませんが」

「そうか。……まあそうだろうとは思ってたが、一応ちょっと言ってみただけだ。それならいい」

簡単にあきらめられて、美里は焦る。

「あっ、いえっ！　今思い出しましたが、確か空いています！　相手がインフルエンザというようなことを言っていたので、週末には間に合わないのではないかなと！」

「ああ、それは無理だな！　やめておけ」

なぜか早口で習志野は言った。

「つまり、あれだ。咳《せき》や熱が治まってもまだ感染することはあるからな。実は俺の相手のキャンセル事情もそうなんだ。偶然てのはあるもんだな」

「え。習志野さんのお相手もですか」

「そうなんだ。映画のチケットが月末までで、早いとこ使っちまいたいし。ふいになるのももったいない。といって今からそのために誰か引っかけるのも面倒だ」

代役か、と内心いささか気落ちするが、本気で相手にされていないのはいつものことだ。

それよりも習志野とデートに行けることのほうが、美里には重要だった。

「映画……話題の大作とかですか」

どんな映画が好きなのか興味津々だったのだが、返ってきた答えは意外なものだった。

「いや。単館上映のフランス映画だ。恋愛ものらしいが。……言っておくが、別に俺の趣味ってわけじゃないぞ！」

らしくないチョイスに照れているのか、習志野は力強く言う。

「ただ主役のファッションやら生活スタイルが受けて、口コミでじわじわ人気が出てくる気配があるようだからな」

ああ、と美里は気が付いた。

「お仕事の参考にするんですね」

「そう、それだ。息抜きと兼ねているがな。夕方からだから、終わったらどっかで飯でも食って帰ろう」

たとえ仕事絡みであっても、習志野とふたりで恋愛映画を観られる。

心の中の宝箱の周りでは天使がマイムマイムを踊っていたが、美里はふと気が付いた。

「あ、しかし俺は、習志野さんが行くようなレストランに着ていく、気の利いた服は持っていないんですが……いえ、前はブランドものなどもいろいろ持っていましたが。火事のとき全部駄目にしてしまったんです」

もともとお洒落な服など持っていなかった美里がプレイボーイを演じるに当たり、この理由は都合がよかった。

「だろうな。言っちゃなんだが、お前のスーツは地味すぎる」

「うちの職場で洒落たスーツなど着たら、浮いてしまいます。デート以外は地味でちょうどいいですよ。……そういえば、店も会社の帰宅途中に寄っていましたから、俺の勝負服を習志野さんは見たことがないんでしたね」

　残念だなあとうそぶく美里に、そうだ、と習志野は何か思いついたように言った。

「だったらうちの社のサンプル品をやろう。どうせ廃棄処分するもんだ」

「それはいわゆる、アウトレットというものですか?」

「いや、バイヤー向け展示会の一点ものだから市場には出回らない。タグはないが、別に問題ないだろ」

「もちろんですよ。すごく助かります」

「じゃあサイズを教えろ。それと何かこだわりはあるか。好きな色とか」

「えっ。選べたりするほど、サイズや種類があるんですか」

　尋ねると習志野は、急に喉に何か引っかかったのかごほごほと咳払いをした。

「そんなわけねぇだろ!　ただ、あれだ。もし希望するようなのが偶然、たまたまあれば、持ってきてやってもいいいなって話だ」

それならばと美里は考えるが、下手なことを言うとセンスがないのがバレそうだ。

「特にこだわりはありません。しいて言えば、シンプルなほうがいいという程度で」

「わかった。適当に見立ててやる」

美里にとってはデートだけでなく、こちらも願ってもない嬉しい話だ。

この話の後、改めて眠ろうと目を閉じた美里は遠足の前日の子供のように、なかなか寝付けなくなってしまっていた。

宝箱の蓋は当然開いたまま、天使は小皿を叩いて宴会を始めている。

――なんてラッキーなんだ。習志野さんの会社が企画した服を着て……も、もしかしてペアルックだったらどうしよう。それでお洒落な映画を観てからレストランで夕飯。いい雰囲気になったらホテルに泊まるかもしれない。一泊するなら運転する習志野さんも、バーでゆっくり飲むことができる。

おそらく習志野にとってはなんということもない休日の過ごし方なのだろうが、美里にとっては違う。

男が好きだなどとバレたら学校には行けなくなる上に、地元に住み続けることすらできなくなると信じていた。

習志野くらいに堂々として格好よく、さらに都会の学校にいたのであれば話は別なのだろうが、美里はこれまで恋愛に関して、臆病で憧れているばかりだった。

クリスマスも誕生日も、恋人と過ごしたことは一度もない。

デートなど、夢のまた夢のような話だ。世紀の一大イベントと言ってもいい。

嬉しくて仕方ない反面、時折ちりちりと思い出したように胸に痛みが走った。

――だが俺は……誰の身代わりなんだろう。俺と同じサラリーマンだろうか。それとも、もっと若い大学生……あるいは同業者か。習志野さんは、デザイナーやモデルとも付き合いがあるだろうからな。

はあ、と溜め息をつき、美里は暗闇の中でそっと首を振る。

――それに俺は、習志野さんに嘘をついている。一緒にいて話すことが多くなるほど、嘘は上塗りされてもう後戻りはきかない。こんなことをしている限り、俺には恋愛ごっこしかできないんだ。

しかしその反面、ごっこでも充分だという気持ちもあった。少なくとも、何もないよりはずっといい。

――この際、嫌なことは考えるのをやめよう。それに俺は、嫉妬なんてできる立場じゃない。同居を続けたいならいちいち悩まずに、この状況に感謝するべきだ。代役をすることは不運じゃない。ラッキーなんだ。

考えるなと思いつつ、習志野の寝息と時計の音が静かに響く寝室で、美里はとりとめのないことをいつまでも思い巡らせていたのだった。

「えっ、こ、これを全部貰ってしまっていいんですか？」

翌日帰宅した美里は、リビングが服で埋め尽くされているのを見て茫然とした。

習志野はソファでババロアを食べながら、スプーンで服を差した。

その前にお前も食うかと尋ねられたが、遠慮しますと美里は答える。

すでにイメージはキングオブシティから、砂糖の国の王さまに変わっていた。せめてキングではいて欲しいと戴冠《たいかん》させてみたものの、王さまならなんでも格好いいというものではない。

もっとも美里も時折、甘い菓子類の土産を買って帰るくらいには、この習志野の甘党っぷりに慣れてきていたのだが。

「とにかく着てみろ。シャツを取り換えるだけで、スーツは着たきり雀《すずめ》だろ」

「やはり気になっていましたか。持ち出せたもう一着は夏物だったので……とはいえ、スーツまでいただくのはさすがに気が引けます」

しきりに恐縮しながら、美里は着ているシャツを脱ぎ始めた。

習志野は食べ終えたババロアのカップをテーブルに置き、新聞を開く。

目の前で着替えるのがちょっと恥ずかしかった美里はホッとすると同時に、自分の生着替えに興味なんかあるわけがないかと少しだけ落胆していた。

けれど今はそれより、習志野の社の服を着ることへのワクワク感が大きい。

「着てみました。どうですか」

滑らかな生地のシャツと仕立てのいいスーツを着た美里が言うと、習志野はすっと新聞を下ろす。

「……なかなかいい。サイズも大丈夫そうだな。他のも着てみろ」

習志野はそっけなく言って、再び新聞紙で顔を隠した。

――なかなかいい、というのは。似合っていると思っていいんだろうか。も、もしかしてこの状況は……習志野さん色に染められているといっても、過言ではないのでは。

今なら強引なプレイも、ちょっとこの人おかしいんじゃないかと思ってしまう極度の甘味摂取も、なんだかすべて許せてしまう気がした。

けれどいそいそと次の服に手を伸ばし、そこで美里は考え込んでしまう。

「……あの。こちらのニットにはカシミアと書いてあるんですが。シルクというのもありますし。……こ、こんな高そうな服ばかりいただけないですよ」

半ばうろたえて言うと、習志野はバサリと新聞を下ろした。

「そんなに気を遣うなら、ディスカウント業者に卸す価格で買い取れ。タグを外した商品は業者も顧客に叩き売る。卸価格《おろし》なんざ一割もしない」

「えっ、そんなに安いんですか！　それなら、ボーナスが出たら買い取らせてもらいます！」

素直に喜ぶと、なぜか習志野は無言のまま、また新聞を広げてしまった。

「言っておくが」

新聞の裏から声がして、はい？　と美里は耳を傾ける。

「同居相手に、俺がデザインに関わった服を着せて自分色に染めたい……なんて乙女チックなことは考えてねぇからな！　全然」

うっ、と美里は蒼《あお》ざめる。まさにまったくその通りのことを考えていたからだ。

「わ……わかっています、当然のことじゃないですか。そこまでの気持ちは、お……重たいですし。ただの同居人なのに、ありえませんよ」

慌てる美里に、また新聞越しに声がする。

「ああ、まったくそうだ。いい年こいた男でそんな感覚、あっ、ありえないに決まってるだろうが」

「あれですよね。手編みのマフラー……なんていうのも、困ってしまいますよね、貰っても」

「ふたり一緒に首に巻くくらい長いのとかな。あんなもんを編むやつは、何を考えてるんだろうな」

実は美里の宝箱には、手編みのマフラーという夢はもちろん納められている。しかもイニシャル入りだ。

いつか習志野に編んでみたい、と考えていた密かな夢は、ババロアよりも脆《もろ》く崩れてしまった。

しかし落ち込むほどのことではない。何しろ今は、習志野の企画室でデザインした服を着ているのだ。

宝箱からは、めげてたまるかとばかりにきらきらしたオーラが放出され続けている。

気を取り直して試着を続けていると、ふいに新聞から声がした。

「なあ、美里」

美里は新聞紙に笑顔を向ける。

「はいっ、なんですか」

「よく見るとあんまりお前……うちの服、似合わないな」

「えっ……」

きらきらしたオーラは、ぷしゅうと一気に黒い煙と化してしまった。

ショックを受けて固まっている美里に、習志野は静かに告げる。

「スーツ以外は、俺と出歩くときだけ着ろ。いや、別に、俺以外に見せるなってことじゃねえぞ。そう、つまり……なんとなく、雰囲気が合ってないからな。それに急にイメージアップ……じゃねぇ。イメチェンしてモテなくなっても困るだろ」

「は……はい。そうします……」

——危ない危ない。うっかりその気になってしまっていた。俺に着こなせるわけがないんだ、こんな高級品。しかしだからといって、そんなひどい言い方をしなくてもいいじゃないか？　ああクソ。俺は絶対この人から、コンビニスイーツより下に見られている。

はあ、と美里は大きな溜め息をつき、習志野の前に張られたバリアのような新聞紙を、恨めしく見つめたのだった。


数日後の日曜日。

美里が一日千秋《いちじつせんしゅう》の思いで待ちわびていたデートの当日は、素晴らしい晴天だった。

映画は夕方からだったが、上映しているシアターの近くに大きな庭園があると聞いた美里は、そこでお昼を食べたいと習志野に必死に頼んだ。

習志野は乗り気というほどでもなかったが、特に嫌がるでもなく了承してくれたので、美里は急いでふたり分の弁当を作ったが、実はこれは数日前から立てていた計画だった。

『青空の下、ふたりで手作り弁当を食べる』というのは、宝箱に入っていた中でも上位にランキングされている夢だったからだ。

もちろん蓋は開きっぱなしで、頭の中では天使たちが喜びの歌を大合唱している。

しかし、恋人のために早起きしてウキウキと手作り弁当を用意するのは、間違ってもプレイボーイがすることではない。

気持ちが重たいと思われては困るので、あらかじめ前の晩の料理をそのつもりで考え、余った食材をうまく応用してサササッと作ってみました、という体裁を整えてある。

その内容は、多く買いすぎたポトフの材料を利用した温野菜のサラダであり、玉子とベーコンと飴色《あめ》に炒めた玉ねぎをどっさりバゲットに挟んだ焼きサンドだった。

実は調理そのものより、どうすればさりげなく残りものでお弁当を作れるか考えることのほうに時間がかかったくらいだ。

「そろそろ寒いし、庭園だの公園だのはデートコースの定番だろう。お前もしょっちゅう誰かと行ってるんじゃないのか」

朝早くに起こされた習志野は、不機嫌とまではいかないが理解できないというように、助手席の美里を見る。

「もちろん、そうですが。それは別として、こんなに天気のいい日は外って気持ちがいいじゃないですか！」

「そうかぁ?」

「そうです! それに、ええと」

何か説得力のある説明をしなくてはと、美里は必死に理由をひねり出す。

「その、昔の話なんですが。庭園でのデートに、お弁当を作ってきてくれた彼がいたんです。そのときに食べたのが、すごく美味しかったんですよ。やはり青空の下で食べるというのは、格別かなと」

「……そいつとの思い出の再現でもしてぇってのか?」

「そ、そうです、そういう感じです」

素直に、好きな人とふたりでお弁当を食べるのが夢なんです、と言えない美里は即席の創作話を力説するしかない。

車を駐車場に駐め、ふたりは庭園へと続く散歩コースを歩く。

春のような花の盛りではないものの、パンジーやマリーゴールドが目を楽しませ、小さな噴水は日の光を受けて、きらきらと飛沫《しぶき》が反射している。

空気は冷たかったが、運よく風のない日だったため、陽だまりは暖かい。

広場には噴水を中心にベンチがいくつもあり、ふたりはそこに腰を下ろして、美里はいそいそと弁当箱を開いた。

「適当に昨晩の残りものを詰めただけなんですが。あ、お手拭き使ってください」

「お前はそういうところ、本当にまめだな。……しかし」

習志野は複雑な顔をして、周囲を見まわす。

「男ふたりで手作り弁当ってのは、妙な絵面だと思われそうじゃねぇか」

「そんなこと、誰も気にしませんよ。どのみち二度と会わない通りすがりの人たちなんですから、宇宙人だと思われたって問題ないでしょう」

本来なら、凡人サラリーマンを自認する美里は、習志野以上に人目を気にする性格だ。しかし夢の一つが達成できる稀有《けう》なチャンスを、逃したくないという気持ちが理性を上回っていた。

「通りすがり、か。だがお前にとっちゃ、俺だってそうなんじゃないのか」

は？　と美里は習志野を見る。

「それはまあ……お互いに、そういうことになりますよね？」

遊び人同士ということなら確かにそうだが、なぜそんなことを習志野が言い出したのかわからない。

「でもそんなこと、わざわざ口に出して言わなくてもいいじゃないですか。せっかく天気もよくていいムードなのに、水を差さないでくださいよ」

本気でムッとして、美里は習志野に除菌タオルを差し出した。

「そりゃお前が、どっかの誰かの代役を俺にさせようとするからだ。遊びには遊びのマナーってもんがあるだろ。別の男の話なんてのは持ち出すもんじゃない。ケーキ食ってるときに、前に食ったどら焼きの話をするやつはいねぇだろうが」

「何を言っているんですか。俺は今日、誰だか知らない習志野さんの遊び相手の代役として来ているんですよ？」

美里が言うと、何を思ったのか習志野は、鋭い目をほんの少し見開いた。

それからややあって、それもそうだとつぶやく。

——こういうところ、デリカシーがないな、習志野さんは。それに例え話まで糖度が高いというのはどうなんだ。まあここまで格好よければ、それでもモテまくっているんだろうが。

むくれながら美里は思う。習志野にとってはどうでもいいことなのだろうが、こちらにとっては一世一代の大イベントなのだ。

習志野は毎晩帰宅が遅いし、外泊も多く、丸一日一緒に過ごした日は数えるほどしかない。仕事だなどと言いつつ、きっとデートで外泊しているんだろうなと美里は思ったが、それを詰問《きつもん》する立場ではないのでいつもひたすら耐えていた。

それでも一つ屋根の下で暮らすうちに、なんとなく習志野の性格は把握してきている。

基本的にはぶっきらぼうだが寛容で、美里が鍋を焦げつかせるなど失敗をしても怒られたことはない。

年収や学歴、社会的地位はもとより、服のセンスや容姿もはるかに美里より上だったが、それを鼻にかけたようなことは一度もなかった。

酒は好きだが節度を持った飲み方だし、食欲は旺盛でも食べ方は綺麗だ。

美里がうたた寝してしまえば毛布をかけてくれたり、残業で遅くなった夜には風呂を沸かしてくれていたこともある。

バーで様子をうかがっていた通り、男らしく優しい人なのだと思うのだが、家賃と称して無茶な抱き方をされるのを筆頭に、時々何を考えているのかよくわからないところがあった。

だから思わず、以前から一番知りたいと思っていたことを口にする。

「……前から聞こうと思っていたんですが。習志野さんは、なぜ特定の相手を作らないんですか」

言ってしまってから、知らないほうがいいかもしれないと美里は少し後悔した。

納得するしかないような理由を話されてしまったら、恋人になれるかもしれないというわずかな可能性が、完全に打ち砕かれてしまうからだ。

習志野は除菌タオルで手を拭きながら、ボソッと言う。

「ああ？　……面倒だろ、いろいろと」

「面倒という言葉を、よく使いますよね。それだけですか、理由は」

それだけだ、と習志野は話を断ち切って、弁当箱のふたを開ける。

「美味そうじゃないか。よくまあ、残りものでこれだけ作れたもんだな。感心する」

重たいと思われないよう、こんなの簡単でしたという顔で美里は言う。

「そうですか？　俺は習志野さんと違って薄給ですから。ひとり暮らしでまともなものを食べようと思ったら、食材を買って調理するのが一番なんです」

「いい嫁さんになれそうだな」

うっ、と美里は一瞬言葉を詰まらせた。

それは本気で言っていますか、社交辞令じゃ済ませませんよ、からかっているのでないなら嫁に貰ってください、と言いたいのを我慢し、もそもそ答える。

「そ……その冗談、絶対に言われると思っていました」

そうか、と習志野はそっけなく言って、二つ目の焼きサンドを手に取った。

何はともあれ、ぱくぱくと気持ちよく食べてくれる習志野が嬉しい。

こんな姿を見ていると、デザートも作ればよかったと美里は思う。

弱い風が頬を撫で、遠くから聞こえる子供のはしゃぐ声と噴水の飛沫《しぶき》が虹を見せる風景の中、美里はやっぱり自分の選択は間違っていなかったと考えていた。

嘘をついても、遊びだとしても、あそこで習志野の申し出を断っていたらこの展開はありえなかった。

きっと今日の休日もひとりで、家でごろごろしながらテレビを観ているだけだっただろう。

すっきりと晴れた空と爽やかな空気。こののどかな雰囲気は、習志野の心にも何かしら影響を与えたのかもしれない。

「……さっきの。俺がなんで特定の相手を作らないかって話だけどな」

あらかた食べ終えた頃、ぽつぽつと習志野は話し出した。

「モテすぎたから。ですか？」

やっかみ半分で言うと、習志野は苦笑する。

「それもないとは言わないが。ガキの頃、母親が浮気してたってのがわかってな」

「はい？　それは……つまり、不倫……？」

「ああ。反して親父は、母親しか知らないような、真面目を絵に描いた男だった。若い頃に母親が作った借金も、結婚後に浪費した分も、せっせと稼いで母親に尽くして、結局は捨てられちまった」

想像もしていなかった重い打ち明け話に、美里は固まってしまった。

ごく平凡な家庭で育った自分としては、イメージしようにもピンとこない。

ただ、噴水を見るともなく見ながら話す、いつもはふてぶてしいほどに鋭い習志野の目がどこか寂《さび》しそうに見え、尋ねたのが申し訳なくなってくる。

「だから……相手が信用できなくなってしまったとか……？」

「というより親父を見ていて、色恋沙汰なんてのは、より惚れたほうが割を食うもんだと思い知ったってとこかもな。誠実なら報われるとは限らねえ。傷つくのも辛いのも本気になったほうだ」

――それは本当は、習志野さんが誠実だということじゃないのか。だって……そうでなければ最初から、自分が傷つく心配なんてしなくていいはずだ。

思ったがそれは口にはしなかった。他人に偉そうに語れるほど、美里には恋愛経験がない。習志野の一面を知れてよかったという気持ちもあるが、悪いことを聞いてしまったという罪悪感を美里は覚えた。

――今度お詫びにさりげなく、マドレーヌかプリンでも作ってみよう。

自分以外の誰かと遊ぶのは悲しいが、そんな理由があるなら仕方ないのかもしれない。

ふ、と自嘲したようにかすかに笑った習志野は、噴水からこちらへ視線を移す。

「美里はどうなんだ。いや、お前の場合は別に恋愛に抵抗があるわけじゃなかったな。他のやつとはキスをしないと約束した、特別な相手がいるんだろ。地元のやつか？」

えっ、と美里は空になった弁当箱を片付けながら固まった。

――なんだったかな、その話。

自分でそんなことを言ったのを忘れかけていたし、そもそも口から出まかせだったから、なんの返答も用意していなかったのだ。

――そういえばそんなことを言ったような気が。ええとええと。な、なんでもいい。バレるはずはないんだから、適当に誰かのことを言うんだ俺。

「マ……マサオと言うんです。その、当てられたのでびっくりしましたが、地元の、小さい頃から知っている相手です」

パッと頭に浮かんだマサオというのは、実は人間ではない。牛だ。

近くに住む親戚の農家で飼っていて、幼い頃はのんびりと草を食《は》む様子を眺めているのが好きだった。たまに親戚に頼まれて、牛糞を集めるのを手伝ったりもしていた。

そうとは知らない習志野は、真面目な顔で聞いてくる。

「幼馴染みか？　どんな男だ」

「はい、ええと、身体は結構がっちりしていて。しかし瞳はつぶらで、なんというか……そ、草食系というか」

習志野は複雑な表情になった。

「そういう男がタイプなのか。体格のいい草食系……俺にはよくわからない好みだが」

「や、でも結構可愛いんですよ。のんびりしていて、見ていると癒されるというか」

「お前の気持ちは伝えていないのか」

「好意は……わかっていると思います、が。恋愛には発展しないだろうというか、しようがないというか」

焦りながら美里は言うが、牛とはいえ対象のイメージがはっきりしていると、すらすらと嘘の言い訳が出てきやすい。

そうとは知らない習志野は、心苦しくなるくらい真面目な顔で聞いてくれている。

「だったらプラトニックってやつか」

「そうですね。片思いですが、それでいいんです。ゲイだなどとバレただけで大騒ぎになるような田舎ですから」

ふうん、と習志野は鼻を鳴らし、口をつぐんだ。

それきり黙ってしまったので、会話はそこで途切れる。

――あれ。なんだか少し不機嫌になってしまった。……もしかすると今日すっぽかされた相手を思い出したのか？　習志野さんのこういうところは、やはりよくわからない。

弁当箱を片付け終えると、美里は黙って水飛沫を見ている習志野と同様、高くなったり低くなったりする噴水に目をやった。

自分は恋愛に疎いし、どんな態度をとれば習志野が不快にならず、デートを楽しんでくれるのかわからない。

それでも、少しでも長くこの時間が続けばいいな、と思う。

たとえ恋人ごっこでデートのふりでも、生き生きと輝く緑も空も、色鮮やかに咲いている花々も本物のきらめきを放っている。

水の匂いのする風、触れそうで触れない肩に感じる習志野の確かな存在感。

絶対に忘れないでおこう、と美里は密かにこの状況を心に刻み込んでいたのだった。

——こ、これは……もしかして……。

小さいが洒落たシアターで、流行に敏感な若者たちが喜びそうな映画を鑑賞中。

美里は足の右側にさっきから触れてくるごつい手が、完全に意図的なものだと気が付いて苛立《いらだ》っていた。

押してくるようだった感触が、だんだんと撫でる動きに移行してきて、しまいに腿の内側にまで滑ってきている。

——この野郎、調子に乗りやがって。……どうする。ガツンと言うべきか。それとも黙ってやり過ごしたほうがいいのか。

美里は途方にくれて、左側に座る習志野の横顔をちらりと見る。

触れられているのは右側だ。つまり美里に触れてくる手の持ち主は、見知らぬ赤の他人だった。

——なんだってこんなお洒落な空間に痴漢がいるんだ。しかも男を狙うとは……騒いだらみっともないよな？

考えている間にも、男の手は際どい部分に触れてこようとする。

美里は咄嗟に男の手首をつかみ、どけようとするが動かない。

「……っ！」

手首をつかまれたまま男の指が蠢《うごめ》き出して、美里は思わずビクッとしてしまった。

爪を立てたり、思い切り力を入れても、男の手は怯む気配を見せない。

館内の客の入りはよく、ほぼ満席といってもよかった。

すぐ目の前にはＯＬらしき若い女性たちが座っているし、できることなら痴漢にあっているなどと知られたくない。

こんなことで騒いだら、映画を楽しんでいる大勢の人にも迷惑がかかってしまうだろう。

もう映画の内容など頭に入ってくるはずもなく、人知れず暗闇の中で、男と美里の攻防が続いていたのだが。

「おい、おっさん、表に出ろ」

ふいに地の底から響いてくるような、凄みのある低い声がかけられた。

ハッとして左側を見ると、スクリーンの明かりを受けて習志野の鋭い目が悪鬼さながらに白く光っているのが目に入る。

と同時に、焼けた鉄に触れでもしたかのように、不埒な手は美里からサッと離された。

さらにガタッと習志野が立ち上がると、男は脱兎《だっと》のごとく出口に向かう。

習志野も無言で後を追い、美里も静観するわけにはいかず、一緒にロビーに走り出た。

「……あれ？　もういない……すごく早い逃げ足でしたね。習志野さん、もうあんなの放っておいていいですよ。いずれにしても、痴漢にあいましたなんて恥ずかしくて、警察に突き出す気はないですから」

息を切らせて美里が言うと、捕まえるのをあきらめたらしき習志野が、ぐるりとこちらを振り向いた。

「え。な、なんですか」

思わず美里がうろたえたのは、習志野が怒り心頭といった形相《ぎょうそう》をしていたからだ。

――助けてくれたのは嬉しいけど。なんでこんなに怒ってるんだ？

うろたえつつ、美里は必死に理由を考える。

「あ……ええと、鑑賞の邪魔をしてすみませんでした。すぐに戻りましょう」

謝っても、習志野の表情は険しいままだ。

「そ、それから、そうだ、お礼を忘れていました。ありがとうございます。おかげで助かりまし……ええ？」

ふいに習志野は美里の手をつかみ、ぐいぐいと引っ張って廊下の奥へと歩き出した。

「俺たちの席が近いドア、そっちじゃないですよ。どこへ行くんですか」

慌てる美里にお構いなく、習志野が引っ張っていったのは、上映中で誰もいないトイレだった。

「ちょっ、習志野さん！　どうしたんですか、何を……」

個室に連れ込まれて鍵を閉められ、なんのつもりだと焦る美里の身体を、習志野は背後から抱き竦めてきた。

「どこの誰とも知らないやつに触られて、どうして黙ってた」

「は？　だ、だって騒いだらみっともな……っあ！」

壁に押し付けられるようにして立たされ、シャツの下から手を入れられて下腹部を触られ、美里は驚愕《きょうがく》する。

「何をするんですか！」

「ちょっと肌に触れただけでこれだ。さっきもその気になってわざと触らせてたのか？」

「ち、違っ……習志野さん、どうしたんですか。やめてくださいっ」

こちらの抗議などお構いなしに、習志野は美里のシャツのボタンをはずし、ついでベルトに手をかけた。

――嘘だろ？　まさか、こんな場所で。

動揺と羞恥で、美里の体温は急激に上昇していく。

「はっ……い、やっ」

習志野は背後から左手を美里の胸に、右手を下腹部に滑らせる。

「そ、そんな、絶対に嫌ですよ、俺」

弱いところを指で弄られ、たまらず美里は身をよじり、懸命に抵抗するが目の前が壁ではどうにもならない。

「何が嫌なんだ」

耳に唇が触れる位置で習志野は言い、美里の足の間に自分の右足を割り込ませてくる。

「あ……っ、やめ」

「デート中に知らない男に弄らせて、簡単にこんなにしやがって」

下着の中に入ってきた右手が局部に触れ、ひっ、と美里は息を呑む。

「そ、そんな、だって」

「抱くほうだけじゃなく、抱かれるのも相手を選ばないってことか。飴を舐めてる最中でも、目の前にチョコレートがあればお前は口に入れるのか?」

「何を言っているんですか、俺は……っあ！」

左手の指が痛いほどに胸の突起を刺激してくると同時に、美里のものが根本からこすり上げられた。

「いっ、痛……あうっ、やぁ、あ」

ひくひくと身体が反応するうちに立っているのが辛くなってきて、美里は両手を壁につき、必死に身体を支えようとする。

「んんっ、ん、あっ」

間もなく、くちゅりと濡れた音がして、自身が早くも先走りの液を滴らせていることを美里に教えた。

「はあっ、な、習志野さっ……やだ、も、本当に……いやぁ」

巧みな指先に翻弄され、美里の腰は意識せずにゆらゆらと揺れ始めてしまっていた。

「どうしようもない淫乱《いんらん》だな。だから知らない男にでも、簡単に触らせるわけか」

「お、俺は、そんなんじゃない、です。だって……あっ、駄目ぇっ」

ずるりとボトムと下着が引き下げられ、シャツの前は大きく広げられて、美里は映画館のトイレという公共の場で、半裸の格好にされてしまった。

「習志野さんっ……！　ひ、人が来たら……っ、俺、怖いです、こんなの」

――さっきまで、本当に楽しかったのに。

それにせっかく習志野に貰い、大切に着ようと思っていた服が、こんなことをしたら汚れてしまうかもしれない。

はあはあと顔を火照らせて喘ぎながら、美里の目に涙が浮かぶ。

傍《そば》にいるだけで満足だと思っていた人に、トイレで無理矢理ことに及ばれるなど最悪の事態だった。けれど。

「も、いやぁ……っ、んっ」

「お前の嫌は、もっと、って意味だろ」

習志野は意地悪く言って、先端を強く指の腹でこすった。

実際、頭では公共の場などで抱いて欲しくないし、今にもトイレに誰かが来るのではないかと怖くてたまらないのだが、美里のものは限界まで硬くなってしまっていた。

「っひ、ああ、うっ」

ひくん、ひくん、と腰が跳ね、短く痙攣する。

がくん、と力の抜けてしまった美里の腰を片方の手で抱えたまま、達したものを受け止めたもう片方の習志野の手が、背後の奥へと触れる。

「くう……っ！　う、ひうっ」

ぬるりと美里の吐き出したものをまとった長い指が挿入されて、達したばかりの身体が震えた。

――本気で最後までするつもりなんだ。

もしかしたら達したところでやめてくれるのではないかと思っていた美里は、そう悟って愕然とする。

「外でなんて、で、できな……っ、習志野さん、お願いです……怖いっ」

半泣きの美里の弱いところを、容赦なく習志野の指が責めたてる。

「こんなとこで、知らない男に触らせてたのはお前だろうが」

でもそれは美里のせいではないし、拒絶できなかったのは恥ずかしかっただけでなく、遠慮があったからだ。

男だというのに連れが痴漢にあったと騒いだら、習志野だって恥をかくではないか。しかも流行に敏感な若者の観客が多い、お洒落なシアターだ。

だから言い出せなかっただけで、見知らぬ誰かに触られたりしたら気持ちが悪いだけなのに、なんだってこんなふうに責められなくてはならないのか。

「も、やだぁ……あ、っあ」

頭の中は辛くてたまらないのに、身体は裏腹にどんどん熱を持っていく。

と、習志野の左手が軽く頬を撫でてから、美里の口を塞いだ。そうして。

「――――っ！」

ぐうっと一気に大きなものを埋め込まれていく衝撃に、美里の目からポロポロと涙が零れ落ちた。

習志野のほうが十センチ近く背が高いため、無意識に逃れようと美里は爪先立ちになる。それでも自重が加わって、挿入されたものが深く入りすぎ、恐ろしさと慣れない刺激に全身がガタガタ震えた。

「……ほらみろ。嫌々言ってても、中はとろけて誘ってるじゃねぇか」

習志野はむせび泣く美里に、容赦なく腰を使い始める。

「ん……っ、んうっ、んんっ！」

深く腰を入れられるたびに、強すぎる快感が美里を襲う。

許しを請いたくても、口を覆っている習志野の指が二本、唇を割って入ってきていて、声すら出せずに端からだらしなく唾液を零すことしかできない。

ずるっ、ずるっ、と内壁を擦り上げられる動きに合わせて美里のものは揺れ、いったばかりだというのに頭をもたげて、先端から零れるものが壁を汚していた。

「んん……っ、んう！　んっ、ん」

膝が笑って目の前が霞《かすみ》がかかったようにぼやけ、もう何も考えられない。

「――気持ちいいか、美里」

耳元で囁かれ、ようやく唇から指が抜かれた美里は、朦朧としながら言う。

「い……い、気持ち、いい……っ！」

「気持ちがよければ……俺じゃなくても、いいんだろ？」

「え……っ、あっ、やぁっ」

「答えろ。他の男からも、こんなことをされたいのか？」

何を言われているのか判断することは、今の美里にはできなかった。しかし無意識にいやいやと首を振る。

「されたく、な……っ、お、俺は、習志野さん、だけ……っ」

言った瞬間、身体の中の硬度と熱がどっと増した。

「ああぁ！」

「美里っ」

一気に動きが速くなり、美里のものが再びはじける。

「……っ！」

名前を呼ばれ、何か言われた気がしたが、今の美里の耳には意味が届かない。

ただ、体内に溢れた熱いものが腿の内側を伝い流れるのを、小刻みに身を震わせながら感じていた。

濡らしたハンカチやティッシュで後始末を終えてから、美里は抱えられるようにして連れてこられたロビーの大きなソファで、ぐったりしていた。

まだ上映時間は十五分ほどあるため、周りには誰もいない。

美里は力ない手で先刻習志野が取ってきてくれた、座席に置いたままだった荷物の中身に異常がないか確認する。

もっとも財布は上着のポケットだったし、トートバッグの中には空の弁当箱くらいしか入っていなかったのだが。

「そら。どっちがいい」

売店に飲み物を買いに行っていた習志野が、お茶と清涼飲料水の缶を差し出す。

むっつりして冷たいお茶を受け取り、美里はひりつく喉を潤した。

「……いくら家賃でも、こんな場所で支払わせようなんて非常識です」

不機嫌に言ったが、習志野はいつものように皮肉っぽい笑みを見せた。

「でも結構、楽しんだだろ」

「なっ……失礼なことを言わないでください！　た、確かに何かされれば男ですから反応します。しかしそれは望んでいるわけじゃないですし……だいたい変ですよ、習志野さん」

まだ潤んでいる目でキッと睨むと、習志野は珍しく視線を逸らす。

「何が変なんだ」

「つまりその。いつも強引というか、なんだか怒っているみたいで。おっ、俺のことが」

言葉にしようとした瞬間、鼻の奥がツンと痛くなった。

語尾が震えそうになるのを堪えつつ、美里は必死に続ける。

「俺のことが……迷惑だったり邪魔だと思うなら、そう言えばいいじゃないですか」

「誰もそんなことは思ってねぇ」

「だけど、いつも意地が悪い。……俺は習志野さんのことを、思い違いしていたかもしれません」

ああ？　と眉間に皺を刻む習志野に、美里は溜めていた鬱憤《うっぷん》をぶちまける。

「習志野さんは、たとえ遊び相手に対してでも不快にさせたりしない、スマートなプレイボーイだと思っていました」

「だったらどうした。お前こそ」

習志野が言いかけたとき、携帯電話の着信音がした。

相手を確認した習志野は、話してくる、と飲み物の缶を置いて席を立つ。

――駄目だ。危ない。

美里は手で口を押え、抑えていた感情が溢れてしまったことを後悔する。

――冷静になれ。俺もプレイボーイで、習志野さんのことなんかなんとも思っていないという設定なんだ。……外でこういうのは嫌だ、とはっきり言うだけでいい。重いと思われないように。俺が……本気で好きだとバレないようにしなくては。

ふう、と深呼吸をして気を落ち着けていると、習志野が早足で戻ってきた。

「どうかしたんですか？」

心なし、習志野が緊張した面持ちになっていると感じ、先刻までのもやもやを引っ込めて美里は尋ねる。

「急用ができた。悪いが飯はどっかで買って帰ってくれ。駅で降ろす」

「え……」

有無を言わさぬ勢いで習志野はシアターを出て、美里も慌てて後を追う。

どうしたのかと聞いても教えてくれず、一番近い駅へと向かう途中、再び携帯電話が鳴ると、車を路肩に寄せて習志野は電話に出た。

「俺だ。……ああ、大丈夫だすぐに行く。そっちのほうこそ大丈夫か。……何を言ってる、俺に謝る必要なんてまったくない。電話してくれてよかった」

別に耳を澄ましていたわけではない。むしろ知りたくなどなかった。

けれど狭い車中で、否《いや》でもかすかに漏れ聞こえてくる相手の声は、女だった。

会話の内容からして身体を気遣っているようだから、風邪を引いたという本来のデートの相手ではないのか。

――なんだこれ。この感じ。

頭から血が下がり、手足が冷たくなってくるほどの不快感。

冷たく黒い泥水が、胸の中で渦《うず》を巻くようなどんよりした感覚に、美里は逃げ出したくなってくる。

「あの。あそこ、地下鉄の標識が見えますから。俺、ここで降ります！」

まだ会話中の習志野に言うと、返事を待たずにさっさと車から外へと出た。

そのまま振り向かず、逃げ出すように大急ぎで駅へと向かう。

地下の駅に続く階段を下りようとする直前、ちらりと車の停まっていたほうを見ると、まだ習志野は車内にいた。こちらを追う素振りも見せない。

——なんだよ……なんだよ、これは！　ふざけるな。冗談じゃない。トイレで無理矢理に突っ込まれて、足元はふらふらなのに急《せ》かされて。そこまでして早く会いたい女だとでもいうのか。

電車で習志野のマンションへと戻る間中、気を抜くと泣いてしまいそうな自分が、たまらなく惨めで情けなかった。

——……わかっている。習志野さんが悪いわけじゃない。この関係を望んだのは俺なんだ。しかし……嫌いになってしまうくらいなら、近くにいないほうがいいんじゃないのか。

帰宅しても、美里の胸は鉛を飲んだように重苦しいままだ。

おそらくあのまま習志野は、電話の女のもとへ向かったのだろう。あくまでも想像だが、熱が下がって回復したのではないだろうか。だから電話をして、それを伝えてきた。

そうだとすると今頃はふたりして、行く予定だったレストランで食事でもしているかもしれない。

美里が座っていたはずの席に、見知らぬ女がいて楽しそうに笑っているのを想像すると、怒りを通り越して、どうしようもないやるせなさが美里を襲う。

ちょっとした美里の痴漢事件など、習志野はすでに忘れているに違いない。

「どちらも恋人じゃなく遊びだったら、なんで俺じゃ駄目なんだ！」

憤《いきどお》りのあまり、美里は無人の室内で怒鳴る。

「俺だってセックスだけじゃなく、同じものを見て笑ったり、話したりしたい。一日だけでいい、毎日なんて高望みはしない。それなのに……俺とは恋人ごっこすらできないということなのか？」

空の弁当箱を床に投げつけると、ぽこんと間抜けな音がした。

――このままの状態を続けることは、やはり無理だ。俺はいつか、習志野さんを恨んでしまう。そんな俺を、習志野さんは鬱陶しい面倒なやつだと思うだろう。

美里は溜め息をつき、どかっとリビングのソファに身体を投げ出す。

――これが好きだという気持ちなのか。こんな疲れる、こんな苦しい思いが恋なのか。

美里の心の中の宝箱は、いつの間にかピンク色ではなくなっていた。どす黒くずっしりと重たい箱の中には、夢の代わりに綺麗ごとでは片付かない感情が入っている。

美里にとって習志野はもう、白馬に乗った王子様でもキングオブシティでもない。

酒好きのくせに成人病予備軍ではないかと思うほど甘党で、部屋は散らかし放題、強引なセックスをしたがる気の多い男だ。

しかし何より厄介なのは、夢から覚めた今ですら、やはり習志野を嫌いだとは思えないことだった。

あのスイーツ中毒め、と心の中で罵《ののし》ってみても、最近では無心にババロアをすくって小さなスプーンを唇に運ぶ姿が、実は可愛いと感じるようになってしまっている。

美里がお土産だと菓子類を買って帰ると、特に高いものでなくても、心底喜んでいるのがわかるほど目を輝かせてくれた。

早速一緒に食べようといそいそと習志野が茶を淹《い》れてくれるとき、美里は少し呆れつつ、とても心が和《なご》んでいた。

恋の夢を見てばかりの頃なら幻滅していたかもしれない、格好いい王さまではない習志野の一面を、確かに美里は好ましく感じ始めていたのだ。

さらには抱き締められた腕の強さや耳元で囁かれる声、時折ではあったが優しくしてくれたときの言葉、ふと見せられた表情、そうしたものが美里を習志野に縛りつけている。

——結構だらしなくて、部屋を散らかしてばかりだけれど。その代わり、俺が多少失敗して何かを壊したり汚しても、気にしないでくれていた。

美里は最近やっと見慣れてきた周囲を、これが習志野さんの部屋なんだ、と改めてしみじみ眺める。

「考えてみたら……この部屋に来られただけでも奇跡みたいなものだったのに。……それ以上の、同棲みたいなことを望むから悩んだりするようになったんだ。今の状況が嫌なら、出て行くしかないじゃないか」

自分に言い聞かせるように、口に出して言ってみる。

しかし、もう潮時だ、あきらめたほうが傷つかなくて済む、と理屈ではわかっていても、簡単には心が決まらない。

美里は壁の時計を睨み、よし、と両方の拳《こぶし》を握る。

——もしも今夜、十二時……いや午前一時までに帰ってきたら。そうしたらもう少しだけ、同居を続けて様子を見よう。一時を過ぎたら、引っ越し先を考える。

うんうんとうなずいたが、やっぱり、と心の中で訂正を入れた。

——十分くらいは遅れても、まあよしとするか。十五分……セーフだな、うん。……三十分。三十分でアウトにしよう。

これ以上ぐだぐだと思い悩むのはやめて、洗い物でもしようと立ち上がり、美里は転がっていた弁当箱を拾う。

十分置きに時計を見て、外から駐車場に入ってくる車の音がするたびに窓から下を見た。

——べっ。別に帰りを待っているわけじゃない。今日は深夜番組で観たかったものがあったから。だから起きているだけだ。

そんなふうに自分自身に弁解しながら、リビングのソファで起きて頑張っていた美里だったが、いつしかうとうととまどろんでしまっていたらしい。

物音にハッとして目を開くと、驚いた顔をした習志野が立っていた。

「なんだお前、寝てなかったのか」

「あ……なんだか、うたた寝してしまって」

ポイと上着をソファに投げ出し、キッチンに向かう習志野の背を美里はぼんやりと見た。

――ええと。そうか、デートを途中でやめて帰ったんだっけ……。何時なんだ、いったい。

少しずつはっきりしてきた頭で時計を見ると、時刻は午前三時を回っていた。

なんとなくがっくりと、美里の身体から力が抜ける。

「寝るならベッドに入れ。俺もシャワーを浴びてすぐ寝るから」

疲れたような表情の習志野を、美里は複雑な思いで見上げた。

「……遅かったですね。もしかして、最初にデートをする予定の人からの電話だったんですか？」

つい言葉に棘が混じってしまった。習志野は特に意に介した様子もなく、曖昧にうなずいた。

それからバスルームへ向かおうとした習志野の背に、考えるより先に言葉が口をついて出る。

「あの、俺。実は引っ越し先がそろそろ決まりそうなんです」

リビングを出ようとしていた習志野は足を止め、ゆっくりと振り向いてこちらを見た。

「ああ？」

「いい部屋が空いたと、前に物件を探しに行った不動産屋から、連絡がありました。だから」

嘘なのだが、この部屋に居候できたおかげで敷金礼金は貯まったし、ボーナスも来月には入る。

あれから会社の近くでネットカフェも見つけたし、ものすごくこだわって物件を探さなければ、数日あればなんとかなるだろう。

日中は在宅しない独身サラリーマンの部屋など、寝るためだけに必要といってもいい。会社まで一時間以内で、家賃に折り合いさえつけば文句は言わない。本気で引っ越す気になれば、きっとあっという間に決まる。

習志野は眉間に深い皺を刻んで、ずんずんとこちらに向かってきた。

そして美里の隣に、どすっと腰を下ろす。

「そこに決めるかどうかは、まだわかんねぇんだろ？」

「もちろん契約はまだですが。習志野さんにとっても、早いほうがいいんじゃないですか。そうすれば……彼女も呼べますし」

彼女？　と怪訝《けげん》そうな顔つきになった習志野に、美里は苦しい胸の内を隠しながら、努めて明るい口調で言う。

「実はさっきの電話の声、聞こえてしまったんですよ。男と違って女性が相手だったら家庭とか、こ、子供とか持てる可能性もありますからね。俺もほら、女性もＯＫですから、そろそろ身を固めることを考えてもいいかなと。それなのに男と同居が長引いてしまうと、いろいろまずいじゃないですか、お互いに」

冷静に話しているつもりだったが、語尾が震えて声が裏返りそうになってしまった。

不自然さを誤魔化すように、ははは と笑ってみせるが、習志野はむっつりと黙り込んだままだ。

何も言わないことが余裕しゃくしゃくの態度に思えて、美里は苛立つ。

「やはり、部屋に連れ込めないというのは不便でしょう。俺は習志野さんと違って庶民ですから、そうそうホテルは利用できないですし。お互い快適に遊ぶためにも、俺が早くここを出て……」

「お前、まだ他の男や女をやりたいとかって思うのか？」

ようやく口を開いた習志野の目は、物騒なほど鋭く光って見えた。

「はい？　それは……もちろん。だって習志野さんと同類ですから」

答えると習志野は、軽蔑するとも嘲笑するともつかない表情になる。

「そうか。よくわかった。だったら……家賃は今のうちに、たっぷり払っておいてもらわねえとな」

立ち上がった習志野は、美里の腕をつかむ。

「まだお前とはやってねぇプレイもあるし？　今月分はきっちり払っておいてもらおうか」

「そ、そんな。だって今日はもう」

映画館のトイレで犯されたのは、まだ半日前のことでしかない。

「この時間まで帰ってこなかったんだから、やることはやってきたんですよね？　付き合っていられませんよ！」

あまりの横暴さに、さすがに腹を立てた美里を、習志野は鼻で笑う。

「だったら頭の中でマサオってやつのことでも考えてろ。そしたらその気になれるだろ」

「はあ？　って、どこに行くんですか。習志野さんっ」

ぐいぐいと手を引いて連れてこられたのは寝室ではなく、なぜか玄関の前だった。

そこでドンと壁に背中を押し付けられ、唇が塞がれる。

「っ！」

思い切り習志野の肩に両手を突っ張って押しのけ、美里は顔を背けた。

「キスは嫌だって、言っ……」

うるせえ、と耳に噛みつくようにして習志野は言い、美里のシャツを裾からまくり上げる。

「っあ……、やっ、やめ」

滑り込んできた手に、美里の身体はビクッと反応した。

「んっ、あっ、んうっ」

次いでくちづけられる首筋に、触れられる胸の突起に、いちいちひくひくと身体が跳ねてしまう。

「どこが付き合ってられないんだ？　ビクンビクン感じまくりだろうが」

「んなっ、こと……っあ！」

器用にボタンをはずされてシャツの前がはだけられ、股間にぐっと習志野が足を割り入れてくる。

「んぅっ……嫌だって言ってるじゃ、ないですかっ」

習志野の唇が鎖骨を食み、そこから少しずつ移動するたびに肌を強く吸い、赤い痕をつけていった。

「やめ、てくださ……、いっ」

——なんで、こんな簡単に……。

自分でも呆れるくらい、身体はあっという間に熱を持ち、習志野の愛撫に敏感に応じてしまう。

ちゅ、ちゅ、と身体を吸う濡れた音を聞くうちに、首から上が茹であがったように熱くなってきた。

「んっ、やぁっ、んん」

さらにはぐいぐいと足を押し付けられて、美里のものは頭をもたげてしまっている。

気づいた習志野が顔を上げ、嘲笑《あざわら》うように言った。

「ほらみろ。簡単にその気になるじゃねぇか。こんなにしやがって」

「無理に、そんなふうに、すっ、するから……っ、あっ」

習志野の器用な指にベルトをはずされファスナーを下ろされる。

足の間を刺激しながら、習志野はなおも美里の胸に舌を這わせた。

「はっ……あ、あん」

膝がガクガクし始めて、足に力が入らなくなってくる。

両手で習志野の腕にすがったが、美里の背中はずるずると壁を滑り、半分ズボンが脱げた間抜けな格好で床に尻を突いた。

「ほら、こっちの足上げろ」

「っや、やだって、言って……っあ」

ずるっと片方の足から下着ごとズボンを抜き取られ、大きく足を広げられる。

「いや、っぁ！」

勃ちかけたものに指が絡められ、同時に習志野のもう片方の手と唇が、胸の突起を弄り始めた。

「……んっ、くぅ」

冷たいフローリングについた自分の尻が、妙に熱く思えてしまう。

玄関は薄暗く視界があまりきかないせいか、自分のものから溢れた体液と習志野が舌を使う濡れた音が、ひどく生々しく淫靡《いんび》に耳に響いた。

――みんなこうなんだろうか。腹を立てていきたくないと思っても、刺激されれば身体はこんなふうになるものなのか。それとも……俺だけがおかしいのか？

翻弄されてひくひくと小刻みに震えながら、美里は悔し涙を目に浮かべる。

「もっ、もう、離し、て」

懇願が聞き届けられるわけもなく、習志野の指の動きは逆に速くなった。

「やあっ、だっ、駄目だ、そこ、そんなにしたらっ」

胸の突起に軽く歯を立てられ、ぬるぬるになっている先端をきゅうっと強くこすられた瞬間、美里は激しく身を震わせた。

「ひうっ……！」

びくっびくっ、と腰が跳ねるのに合わせて、白い飛沫が床を汚す。

「……っ、あっ……、はあ……っ」

肩で息をしながら、美里は放心状態で、ぐったりと壁に寄りかかる。

と、すいと習志野が身体を離した。

何も考えられず、ぼんやりしていた美里だったが、次に習志野がとった行動にぎょっとする。

「え。なっ、何して」

「やったことねぇか？　この際せっかくだから経験しとけ」

習志野は言いながら、マンションの共同部分である外の廊下に続くドアを開き、ストッパーの金具を倒した。

――まさか。冗談じゃない。

部屋の奥に行こうと慌てた美里だったが、達したばかりで腰に力が入らない。

膝をつき、四つん這いで移動しかけたところを、震えている足首をつかまれて制止される。

「おい、どこへ行く。お前は充分楽しんだようだが、俺はまだだ」

「え……」

言われた意味がわかった途端、美里は愕然としてしまった。

明け方近くで人気のない時間帯とはいえ、ドアを開いて誰に見られるかもわからない状態で、習志野は行為を続行するつもりらしい。

「や、やだっ、いやだぁ」

もがく美里の腰を、背後からしっかりと習志野の腕が拘束する。

「静かにしろ。騒ぐと何事かと思って、隣近所の連中が出てくるぞ」

「でもっ、……あ……っ」

おそらく美里が放ったものでぬるついている指が、ぐうっと体内に入ってくる。

――だ、駄目だ。声が出てしまう……っ。

美里は無我夢中で、自分の手の甲を口に押し込んだ。

けれどこれで我慢できるのはせいぜい指までだ。その先に進んだら。

緊張と興奮でぶるぶる震えている美里から指が抜き取られ、すぐに固い熱の塊《かたまり》が押し付けられた。

「っく、ぅ――っ！」

思い切り歯を立てたせいで、口の中に血の味が広がる。

習志野は容赦なく、美里の身体を深々と貫き、同時に下腹部から快感が突き上げてくる。

「ひぃ、う、うっ」

凄まじく気持ちがいいのに、どうしようもないほど苦しくて辛い。

「すごいな、美里。こんな……誰に見られるかわからない状況だってのに、とろけそうに感じまくってるだろ」

「んうっ、は、ひぁっ」

違う、と首を横に振ったが、自分の内部がひくついて、習志野を締め上げてしまっているのがわかる。

「俺は、急いで引っ越す必要はないと言ったよな。……お前だって金のことを考えれば、できるだけここにいたほうがいいはずだ。それなのに、どうしてだ」

「んんっ……、っう！」

ぐい、と身体を抱えられ、身体の向きを変えられた。

そうすると玄関ドアが美里の正面になり、外の廊下が視界に入る。

「いろんな男を引き込めないからか？　……俺とだけじゃ、足りないか」

「ううっ、んう、う」

習志野が強く腰を使うと、あられもない嬌声を上げてしまいそうで、美里は自分の手をさらに必死に噛む。

そうしている間にも、今にも誰か来るのではないかと気が気でなく、心臓が胸を打ち破りそうに暴れている。

左手で必死に口を塞いでいるため、右手でしか身体を支えられず、手首に痛みが走る。

「っう、んうう！」

間もなく右手の力が尽きて、がくんと上体が前のめりになった。

尻だけ高く上げた獣のような、さらに恥ずかしい体勢に、美里は泣きそうになる。

——なんで。こんなに辛いのに、俺の身体、本当におかしくなってしまったんじゃないのか。

再び勃起してしまったものからは、ひっきりなしに恥ずかしい液が零れ、床に糸を引いてしまっている。

「んっ！　っうう！」

それに習志野が触れてきて、美里は無意識に自分から腰を揺すってしまっていた。

「こんな感じやすい身体で……誰を抱こうっていうんだお前は」

「んあ……っ、くっ、ん」

「おとなしく俺の下で、腰を振ってろ。お前には、そのほうが似合ってる」

余裕たっぷりの習志野の言葉も、その動き一つで過敏なほどに反応する身体も、悔しくて悔しくてたまらない。

「も、もう、許してぇ……っ！　ぁあ！」

しまいには声を抑えることも忘れ、泣き出してしまった美里だったが、それでも身体は快楽に支配されて悲鳴は甘く響き、習志野よりも早く二回目の射精を果たしていた。

「……あのぉ。美里さんて、彼女とかいるんですか」

外回りから社に戻ると、茶を淹れてくれた年下の女子社員が、美里の顔をのぞき込んで言う。

あくまでも外側だけに限っての話だが、美里は無表情でいると冷たく見えるせいか、特に仲の良い同期以外とは、あまり軽口をきいたことがない。

そのためか女子社員からこんな話をふられたのは、入社以来初めてのことだった。

「え？　……いや。今は特に」

内心焦りながら答えると、よかったあ、と女子社員は顔をほころばせる。

「じゃあ来週、合コンあるんで、よかったら参加してくれませんか？　相手は私の後輩の大学生と、あともうひとりなんですけど」

聞いた瞬間、美里はげんなりする。もちろん声をかけてくれた相手を悪いとはまったく思っていない。

けれど合コンに興味も行く気もあるわけはなく、といって断るのも気を遣うし、誘われてもありがた迷惑でしかないからだ。

「悪いが……俺のいた部屋が火事のとばっちりを受けて、今知人の家に居候しているんだ。その関係で、いろいろと忙しくてね。せっかく誘ってくれたのに、申し訳ないんだが」

「あっ、そうですよね。ごめんなさい」

しまった、というように手を打ち合わせ、そのまま女子社員はぺこりと頭を下げた。

「でも……じゃあ、美里さんに彼女がいないってだけでも教えていいですか？　村上《むらかみ》さんにしつこく頼まれてて」

「村上さんに？」

美人と評判の受付嬢の名前に、美里は少しだけ反応する。

絶世の美女であろうと恋愛対象としての興味はないが、なぜ急に引く手あまたの女性までが、自分に恋人がいるかを気にするようになったのか不思議だったからだ。

「はい。なんか結構、モテちゃってますよ、美里さん。前と雰囲気変わったし、いい感じだなって私も思います」

はあ？　と首を傾げる美里に、屈託なく女子社員は続けた。

「だってなんだか男の色気が出たっていうか。前はなんだか冷たくてお堅いイメージでしたけど……最近顔つきも柔らかいし、それにセクシーですもん」

「セクシーって、ちょっと待ってくれ、俺が？」

目を白黒させる美里に、女子社員は悪戯《いたずら》っぽい目をして答えた。

「そうですよ、美里さんが。それに……ここだけの話ですけど。実は、課長が狙ってるって噂もあったりして」

きゃあっ、とはしゃがれても、どんなリアクションをとっていいのかわからない。

しかし、もし万が一にも本当に自分にそんな変化があったのだとしたら、原因は一つしかないだろう。

――習志野さんに、変えられたのかもしれない。童貞で何も知らなかった俺が、少し触られただけで、バカみたいに感じる身体になってしまったからな……。

女子社員が席を離れていってから、美里はデスクでどんよりしてしまった。

顔を合わせたらこれまで溜まっていた憤りを抑えきれなくなりそうで、今朝はまだ習志野が眠っている早朝に、急いでマンションを出てきた。

今日はなるべく早く、習志野が戻る前に帰宅し、必要最低限の荷物をまとめて持ち出したら、もうあの部屋には帰らないつもりでいる。

一応世話になった礼儀として、置手紙くらいはしていくべきだろう。

買い取る約束をした衣類の料金も、ボーナスが入ったら書留で送ると記しておくつもりだ。

ふう、と美里は重い溜め息を吐き出す。

――もうとっくに俺は夢と現実の違いがわかっている。それなのに、まだ完全にはこの恋をあきらめきれていない。

習志野は乱暴に美里を犯すことはあっても、ベッドで恋人同士のように過ごしたのは最初の一夜くらいだった。

昨晩の様子からしても、習志野はまだ美里の身体で楽しみたいとは思っているようだが、しょせんは身体だけの繋がりだ。

いつ自分に飽き、もう出て行ってくれと言われてもおかしくないだろう。

抱かれたことでなんだか手が届いたつもりになってしまっていたが、気持ちははるか遠くにあるままだ。

それなのに、習志野の決して誉められたものではない部分でさえ、いつしか美里は許容し、受け入れるようになっている。

習志野に対する気持ちが強まっていくほど、これ以上身体だけの付き合いなどしていたら、どんどん自分が惨めに卑屈《ひくつ》になっていく気がした。

ましてや木枯らしの吹き始めたこの時期、もうしばらくすればクリスマスという、孤独感に拍車をかけそうなイベントがやってくる。

習志野が誰かと一緒にいると思いながらあの部屋で過ごすなど、想像しただけでゾッとした。

やがて再び外回りのためにデスクを離れた美里は、必死に頭の中から習志野のことを追い出して仕事に集中しようと努める。

けれど終業時間になって張りつめていた気持ちが途切れた途端、抑えていたものがどっと溢れてきてしまう。

帰宅ラッシュの車内で、これが最後になるかもしれないと考えながら、美里は習志野のマンションへと向かったのだった。

「ほら、もう泣くな、幸恵《ゆきえ》。俺がついてるだろうが」

「ごめんなさい、猛さん。……つい甘えちゃって」

習志野が帰宅する前に、と急いで荷物を取りに戻ったマンションの玄関ロビー。

そこに今日に限ってすでに帰宅していたらしい習志野と女性の姿を認めた美里は、ぎくりとして咄嗟に宅配ボックスの陰に隠れてしまった。

そこから出るに出られなくなり、かれこれ十五分も様子をうかがっている。

——なんだ、これは。この状況は。

けれど今の美里には、焦燥《しょうそう》も緊張も何もなかった。

大きすぎる衝撃を受けたせいか、麻痺してしまったように何も感じない。

最初に見たとき、ふたりはしっかりと抱き合っていた。

習志野の大きな手が、女性の長い髪を優しく撫でるのを見ているうちに、美里の強張った顔には悲しみでも怒りでもなく、乾いた笑いが浮かんできてしまったのだ。

——……ああ……もういい。

ずっと悩んでいたことが、バカバカしくて仕方なかった。

——迂闊《うかつ》だった。特定の相手を作らないということは、俺もそのひとりでいられると思っていた。一夫多妻の国だってあるくらいだ。贅沢《ぜいたく》は言うまいと考えていたが。

美里はコンクリートの壁に寄りかかり、時折そっとふたりを盗み見ながら、かじかんだ手をぎゅっと握る。

――みんながみんな、同じ扱いとは限らない。遊び相手にだって、順位はあるということだ。一番のお気に入りと、どうでもいい下っ端とでは扱いにも差がある。

なんとなくだが彼女はトップ3に入るくらいの位置で、自分は下位に属するのではないかと思う。

ひょっとしたらこの女性は、あの花の飾りのついたピンの持ち主ではないのか。

――だからといって、恨む資格は俺にはない。習志野さんは親切に俺を居候させてくれていただけだし、俺が遊び人だと言ったから、気軽に手を出してきたんだろう。……勝手に好きになっていつかは成就《じょうじゅ》すると想像して舞い上がって。俺が傷つくのは自業自得だ。

冬の空気と同じくらい、シンと冷えた心でそう考えながら、美里は濃紺から黒に変わっていく空をぼんやりと眺めていた。

心の中の宝箱は、すでに朽ち果てた残骸と化している。入っていた天使たちはすっかりひねくれてしまい、しゃがみ込んで煙草をふかしていた。

習志野への複雑な想いも自己嫌悪も、今はもう生々しい現実でしかない。

嫉妬、性欲、独占欲、未練。そして自分の思い通りには決してならない他人の心を求める

ことも、すべてが苦しく辛い。

――現実の恋なんて、知りたくなかった。

美里は寄りかかっていた壁から離れ、ふらふらと歩き出す。

向かったのはマンションではなく、習志野と出会ったあのバーだった。

「久しぶりに顔を見せたと思ったらどうしたんですか、美里さん」

「どうしたって、何かおかしいかな？」

いつものカウンター席ではなく、奥のテーブル席の客に誘われるまま座った美里に、バーテンダーの児島が心配そうな顔でトレイを抱え、注文したバーボンのロックを差し出した。

「だって島崎《しまざき》さんの誘いにのるなんて。前は頑《かたく》なに断ってたじゃないですか」

「児島ちゃん、それはひどいでしょ。俺だって一応、客なんだからさ」

「ツケが溜まってる間は、客とはみなしませんから」

ふたりのやりとりを聞きながら、美里は薄く笑った顔を作ったものの、内容は半分も頭に入ってきていなかった。

習志野とあの女性の会話が何度も脳内でリフレインし、頭がいっぱいだったからだ。

――もう泣くな幸恵。……だってさ。ドラマかよ、かっこつけやがって。あっちでもこっちでもやりまくっているくせに。昨晩なんて俺に……あ、あんなことをしたくせに。

「お、いい飲みっぷり。美里くんて、結構いける口なんだ」

「え。あ……いえ。そうでもないですけど」

「そうなの？　その割にはさっきからガンガン飲んでるじゃない。何、嫌なことでもあったとか？」

「ないですよ、なんにも」

――そうだ。なんにもなかったのと同じだ。何回かセックスしたが、それだけだ。あの人にとっては、腹が減ったからその辺の屋台でラーメン食べた、それと同じことなんだ。

だんだんとアルコールが回ってきて、思考が散漫になってくれるのがありがたい。

そうでなかったら、酔った勢いもあって泣き出してしまったかもしれなかった。

――猛さん、て呼ばれていたな……。

何もない空間を見るともなく見ている美里に、島崎はうんうんとうなずいた。

「まあ誰だって、いろいろと言いにくい悩みはあるよね。よし、今夜は飲もう。俺がとことん付き合うよ」

お代わり、と島崎が手を上げると、カウンターに戻っていた児島が嫌な顔をしてやってくる。

「ちょっと、島崎さん。美里さんを酔い潰してお持ち帰りとかやめてくださいよね。うちはそういう店じゃないんですから」

児島が持ってきたグラスには、水が入っていた。

「おいおい、さっきから堅いことばっかり言うなって」

「美里さんて、そんなにお酒に強くないんですよ。だから身体を心配してるんです」

グラスを受け取った美里は、確かにだいぶ酔っていると自覚しながら児島を見上げる。

「大丈夫。迷惑をかけるほどには泥酔しないよ。……今夜は島崎さんと飲みたい気分なんだ。好きにさせてくれるかな」

酔った目でじっと見つめて言うと、知りませんよ、と不服そうに童顔の頬を膨らませ、児島は渋々とカウンターへ戻っていった。

島崎という男は、美里同様この店の常連客のひとりだ。

なんでも有名サロンのトップ美容師ということで、身なりが派手で顔立ちは悪くないが、もちろん好きでも嫌いでもない。

美里としてはただなんとなく、今夜はひとりで飲みたくなかっただけだ。

児島がいなくなったのを機に、島崎は思い切り椅子を近づけてきて、肩を密着させてこちらの耳に唇を寄せてくる。

「そういや、美里ちゃんって習志野さんと住んでるんだよね？　ふたりってやっぱりそういう関係？」

今一番聞きたくない名前を耳にして、美里は鼻に皺を寄せた。

「別にどういう関係でもないですよ。もう次の場所に移るつもりですし」

けれど島崎は意味ありげな目つきをして、人差し指をこちらに向ける。

「あ、わかった。喧嘩したんだ」

「違いますよ。そもそも喧嘩しようがどうしようが、俺はただの居候で……」

言いかけたとき、勢いよくバーのドアが開き、そちらに顔を向けた美里は言葉を飲み込んだ。

話に上がっていた当の習志野が、ズカズカと店に入ってきたからだ。

まずはカウンターに視線を走らせた習志野は、次いで素早くテーブル席を見回す。

目が合った瞬間、美里の心臓がドンと大きく跳ねた。別にこちらが悪いことをしているわけでもないのに、蛇に睨まれた蛙のように動けなくなってしまう。

習志野は美里の姿を認めると、一直線にこちらに向かってきた。

「あれ、習志野さんじゃないスか。久しぶりですよね」

陽気な声をかけた島崎には目もくれず、習志野は美里を見下ろす。

「……ここで何をしてる。どうして急に引き返したんだ」

どうやら美里がマンションからUターンした姿を、見られていたらしい。

なんと言い訳しようか考えた美里だったが、別にもう習志野に嫌われようがなんだろうが、どうでもいいのだということを思い出した。

「どうしてって、別に。帰るよりここに来たいなと、そう思っただけです。……何か問題がありますか」

「いい大人がどこで何しようが、あんまり他人が口出すことじゃないよねぇ」

事情もわからないまま美里をフォローした島崎だが、ジロリと習志野に睨まれて身を縮めた。

「……なんでもいい。帰るぞ、美里」

「はあ？　なんなんですか。痛いですよ、離してください」

ぐいと腕を取られ、習志野の強引さに顔をしかめた美里だったが、そこに児島が飛んでくる。

「あの。揉めるなら外でやってくださいね」

そう言われてはたと周囲を見ると、店内の客は揃ってこちらを注視していた。

児島に迷惑をかけるのも悪いので、習志野の意図がわからないまま、美里は仕方なく引っ張られるままに店の外へと出る。

つかまれている手が痛かったが、それ以上に習志野に触れられていることが辛かった。

こんなふうにされると、自分を必要としてくれているのかと勘違いしてしまいそうになる。

もし知人として飲みすぎを心配してくれているのだとしても、その優しさはむしろ辛い。

店を出てすぐの路地で、美里は習志野の腕を振り払った。

「子供じゃないんですから、俺が飲んで何が悪いんですか。習志野さんだって外泊ばかりなのに」

自分で迎えに来たくせに、何を聞いても習志野は無言のまま、こちらをじろりとねめつけてくる。

どうやら怒っているようだが、美里には怒られる原因に思い当たることなどない。考えられるのは、女性と揉めて八つ当たりでもされているのではないか、ということくらいだ。

すう、と小さく深呼吸して、美里は切り出した。

「俺、もう習志野さんと住むつもりはありません」

「――――なんだと?」

「残っている荷物だけは……少ないですが、近いうちに一度戻って、まとめて持っていくなり捨てるなりして片付けます。合鍵もそのときポストに入れていきますから、習志野さんは家にいなくて結構ですよ」

「ちょっと待て。なんで急にそんな話になるんだ」

「急じゃないですよ。言わなかっただけで前から考えていたんです」

と、習志野が一歩こちらに踏み出したので、美里はビクッとなって一歩後退し、トンと壁に背が当たった。

別にこれまでの美里の扱いに対して、習志野を責めるつもりはない。自分も負けずに遊んでいるとプレイボーイを自称したのだし、割り切った気軽な関係でも、一緒に住めるならそれでいいと当初は本気で思っていた。

――しかし、無理な話だったんだ。プレイボーイの演技をしつつ、好きな人に遊ばれるなんて。そんな器用な真似を続けられるほど、俺は強くも賢くもない。

だからこれが最後だ、と美里は習志野を正面から見つめた。

「実は、俺……す、好きな人ができたんです。遊びではなく、本気で」

言った瞬間、習志野の眉間の皺が一気に深くなる。

「……できた？　キスの約束をした相手とは違うのか」

美里はうなずいて、冷たい微笑に見えるよう祈りつつ、ぎこちなく笑って見せた。

「その人はもう、あきらめることにしました。相手はゲイではないですし。今好きなのは……島崎さんです」

先刻たまたま誘われて飲んでいた相手の名前を出すと、習志野は顔色を変える。

「あいつを本気で好きだと？　お前、酔ってるんだろう！　まさか素面《しらふ》で言ってるんじゃないだろうな」

「だから本当に本気ですってば」

頬は引き攣って声もひっくり返りそうだったが、持ち前のポーカーフェイスとアルコールが、美里の芝居を助けてくれる。

「前からいいなと思っていたんですが、さっき飲んでいて意気投合しました。できればあの人の家に居候したいなと思ってます。俺としては、まともにベッドでセックスがしたいですし。つまり早い話が」

そこまで言って言葉を切り、美里は胸から血を流す思いで、精一杯の侮蔑《ぶべつ》の言葉を投げつける。

「あんたにはもう飽きました。今後、遊びでも抱かれる予定はありませんから」

人差し指を突きつけて吐き捨てると、習志野は一瞬、虚《きょ》を衝《つ》かれたようにぽかんと美里を見た。

――あなたといると悲しくて苦しくて、もう我慢できないんです。だからこれで、終わりにさせてください。

酒が入っていなかったら、習志野に対してこんなひどいことは言えなかったに違いない。

突き出した人差し指を握り込み、腰の位置に下ろした拳は、緊張と複雑すぎる思いでかすかに震えていた。

そうして習志野がどう反応するかと、じっと息をするのも忘れて身構えていたのだが。

ふん、と溜め息とも嘲笑ともつかない吐息を漏らすと、習志野はくるりと背を向け、大通りのほうに向かって歩き出した。

「――好きにしろ。荷物は好きなときに取りに来ればいい」

すたすたと去っていく広い背中を、美里は茫然として見送った。

怒鳴られるか責められるか、何かしらの感情のぶつかり合いになると思っていたため、拍子抜けのあまりがっくりと肩を落としてしまう。

そしてそのまま、路地裏にしゃがみ込んでしまった。

チーン、という終了の鐘の音が幻聴のように耳に響く。

――これで完全に、終わった。……あっさりしたもんだよな。

美里は破れかけたチラシの貼ってある壁の下で、ぼんやりと星の見えない空を見上げる。

――この時間、最近はいつもあの部屋にいた。習志野さんが生活する私的な空間。……本当なら、うかがい知ることすらできない空間だった。

いつの間にか見慣れていたマンションの部屋を、目を閉じて思い浮かべる。

数か月を過ごす間に、壁紙も家具も床も見慣れ、まるで自分の居場所のように親しみを感じてしまっていた。

使わせてもらっていたマグカップやスリッパ、バスルームやトイレにも愛着を感じ始めていた。

けれど実際には、一言二言部屋の主と交わした会話で、まったくの部外者になってしまう

ほど自分には無関係の部屋だったのだと、改めて美里は虚しさを覚える。

大切に洗った食器や、心を込めて拭いた家具、すべてがどうでもいいガラクタとしか思えなくなってしまった。それが悲しい。

――長期出張で滞在していたホテルみたいなものだ。しょせん間借りしていただけなんだし。

カバーを取りはずすのに一苦労したあのシーリングライトも、いつか習志野の次の相手を照らすことになるだろう。

――結局俺には手の届かない人だったということだろう。背伸びをしたところで、続くはずがない。

じわっと涙が込み上げてきて、慌てて美里は目を擦った。

――クソ。大の男が失恋ごときで、こんな場所で泣いていられるか。

惨めさを振り払うように立ち上がったのだが。

「っわわ！」

しゃがんでいた足は痺れていて、よろけた美里は壁にぶつかり、思い切り転んでしまった。

「つっ……まいったな」

眼鏡は無事だし、たいして強くどこかを打ったわけではないのだが、身体がひどく重く感じて、すぐには起き上がる気になれない。

痛い、チクショウ、と誰にともなく毒づきながら、のそのそと起き上がろうとしたそのとき。

美里の前に、ポタッと白いものが落下した。カラスの糞だ。

――どう見ても、これでは喜劇だ。恋人ごっこどころか、悲劇のヒロインになりきることさえできないのか、俺は。

自分のあまりのみっともなさに、美里は涙を零しながら笑ってしまった。

そうして美里は以前に目をつけていた会社近くのネットカフェに向かい、そこで辛く寂しい一夜を過ごしたのだった。


翌朝になって美里は、ネットカフェから会社に向かった。

あまり眠れていなかったし二日酔いという最悪のコンディションだったが、不思議なほど仕事には集中できている。

おそらくは習志野のことを考えたくないあまり、仕事に逃げ場を求めていたのかもしれない。

だが営業会議が終わって昼休みに入ると、張りつめていた神経がぷつりと切れたように、動く気がしなくなってしまった。

昼食のために外出する気もおきず、二日酔いのせいで食欲もあまりないので、パソコンのモニターを見るともなく見ながら茶をすすっていると、電話機の内線コールが鳴った。

『美里さん、二番にＳＡファクトリーの宮下《みやした》さんからお電話です』

告げられた瞬間、美里はハッとする。

宮下という名前は知らないが、その会社名には心当たりがあった。名刺に記載されていた、習志野の勤務先ではないか。

取り引きを始めたという話は聞いていないが、知らないところで何か関わりがあるのだろうか。しかしそれならなぜ、名指しで美里に電話が来るのか。

まさか習志野絡みのことだろうかと緊張しながら、美里は二番のボタンを押して受話器をとる。

「お待たせいたしました。営業部、美里です」

『もしもし。私、ＳＡファクトリーの宮下と申しますが、美里比佐史さんでいらっしゃいますか』

確認するように尋ねる声は、女性のものだった。

「はい。美里比佐史は私ですが、どういったご用件でしょう」

注意深く尋ねると受話器の向こうから、深呼吸でもしているように小さく息を吸う音が聞こえた。

『あの。実は、習志野さんのことでお話があるんです。申し遅れましたが、私は彼と同じ部署で働いているものです』

ぎゅっ、といきなり心臓をつかまれたように美里は感じた。

習志野の仕事仲間の女性が、自分になんの用件があるというのか。

一抹の不安を感じながら、美里は堅い声で言う。

「失礼ですが、俺はただの居候で、お話しできることがあるとは思えないのですが」

昨晩その居候と家主の関係も、解消したばかりだ。

けれど宮下は、切羽詰《せっぱつ》まったような声で話し出す。

『ただの居候でないという話を、私は猛さ……習志野さんから聞いています。だからこそ会社名もうかがっていましたし、ご迷惑かもと思いながら、調べて電話をすることが可能だったんです』

――おい。今、猛さんて言いかけたよな？　どういう関係なんだ。それに俺のことを職場の人間に話していたなんて、何を考えているんだ習志野さんは。

苦いものでも飲み下した気分で、美里は吐き捨てるように言う。

「関係ないですよ。もう引っ越すつもりで話はついていますし、会うこともなくなると思いますから」

『あっ！　本当ですか？　わかった、それだわ！』

　突然大きな声で叫ばれて、美里はぽかんとしてしまう。

「は？　あの、失礼ですが、話が見えないんですが……」

『ここしばらく習志野さん、様子がおかしいことが時々あったんですが、今日は一段と荒れてしまってどうしようもないんです』

　心底弱ったという声で宮下は言う。

『次の展示会が近いっていうのに、企画書もマップもガタガタの上に、二日酔いで出社してきたりして。しまいには部長と喧嘩になるし、でも日頃から依存気味のうちのデザイナーたちは、習志野さんの指示待ちでろくに動かないし。もう私、どうしていいのか途方にくれてしまって』

「まっ、待ってください。……俺だって、そんなことを言われてもわけがわかりません」

　あれだけ腹を立てていたというのに、習志野がそんな状態だと聞くと、にわかに美里は心配になってしまった。

　しかしいずれにしても、原因が自分にあるとは思えない。

「確かに、俺は彼の部屋に間借りしていましたが、それだけですよ。それより……女性とのことで悩んでいたんじゃないですか？」

　女性？　と宮下は素《す》っ頓狂《とんきょう》な声を出す。

『まさか。私は後輩で大学も同じだから、付き合いは長くて彼のことはよく知ってます。でもそんな話は聞いてません』

そこまで言って、宮下はふいに低く囁くような小声になった。

『習志野さんて、女性は恋愛対象にできないんですよ。まったく、まるっきり。……知りませんでしたか？』

えっ、と美里は驚いたものの、とぼけているのではないかと勘ぐりながら言う。

「いや……で、でも実は先日、マンションの前で女性と揉めているというか。取り込み中だったのを見てしまって」

まだ習志野への気持ちが吹っ切れていないため、話しながら美里の胸は痛む。

『あっ。そ、それってもしかして、髪が長くてメソメソ泣いてた女ですか？』

確かそうだった、と相槌《あいづち》を打つと、ごめんなさい！　と宮下がいきなり謝った。

『それ、私です！』

美里は思わず目を見開く。

「あのときの幸恵さん、ですか？」

『そうです！　見られてたなんて恥ずかしい……ああ、だから私を送ってくれた後、急いで引き返したのね、猛さん。……って、まさか。それで美里さんと喧嘩したとか？　えっ、嫌だどうしよう！　えっ、えっ、だとしたら私が原因かもしれない』

えっ、を連発して慌て始めた宮下幸恵の話をまとめると、こういうことだった。

宮下の恋人が習志野とかつての同級生であり、三人は親しい間柄《あいだがら》のようだ。宮下は以前から恋人と付き合っていく上での相談を、ずっと習志野に聞いてもらっていた。

まったく異性と意識する必要がなく、仕事上では尊敬できる習志野に、宮下は気を許してなんでも話していたらしい。

ところが先日、恋人が交通事故にあい、全治数か月の重傷を負ってしまった。習志野はすぐに駆けつけてくれ、その後もくじけそうになって泣きつく宮下を励ましていたようだ。

――もしかしたら。

ハッと顔を上げて美里は言う。

「その事故があったのは。習志野さんに連絡したのは、何日の何時頃ですか？」

『この前の日曜日です。時間は、確か夜の七時半くらいだったと思います』

それは美里と習志野がデートをした日であり、映画館にいた時刻だった。

「それじゃ、あの日習志野さんが向かったのは……」

『すぐ駆け付けてくれて。手術が終わって、彼の意識が戻った深夜まで、私と一緒にいてくれました』

聞くうちに美里は、心の周りに張り巡らされていた高い氷の壁が、一気に溶けていくのを感じていた。

以前からの留守電の女性の声は、おそらくこの宮下幸恵のものだ。

そして自分は決して、ないがしろにされていたわけではなかった。

あの日習志野は親友の事故という、本当に深刻な緊急事態に直面していたのだ。

真っ暗な沼底のへどろに沈んでいた泡が、ゆっくりと太陽の光の差す水面に浮き上がっていくように、美里は心が軽く明るくなっていくのを感じる。しかし。

――落ち着け。ぬか喜びはごめんだ。

口の中でつぶやいて、受話器を持っていないほうの手で、ぎゅっと心臓部分のシャツを握った。

この事実は美里にとって、習志野の人となりを見直す話ではある。友達思いで優しい一面を知ることができたし、宮下幸恵のことも誤解だとわかった。

それに習志野が女性を受け付けない、完全なゲイだということもこれまでは知らなかった。

けれど、だからといって習志野が荒れていることを、家賃として抱かれていた自分がどうにかできるとは思えない。

まったく違う、別の遊び相手のせいかもしれないではないか。

第一あの日のデートだって、美里は誰かの代役だったのだ。

――でも……原因がなんであるにしろ、気にせずにいるのは無理だ。ふてぶてしいのが似合うあの人が荒れているなんて、想像しただけでも辛い。

『きっと美里さんと習志野さんには、気持ちにいき違いがあると思う』

考え込んで黙ってしまった美里に、熱心に宮下は言った。

『どうかもう一度会って話してみてください。多分、今夜は飲みに行きそうなので、自宅にいなければいつものバーにいると思いますから』

「しかし、私が原因だとは……」

『お願いです。習志野さん、甘いものさえろくに食べてないみたいで、心配なんです』

「ほっ、本当ですか？」

それはただ事ではない、と美里はますます不安になった。

宮下の見当違いかもしれないが、どのみちそんな状況の習志野を放っておくことなどできはしない。

「わかりました。今日仕事が終わったら、バーに寄ってみます」

美里が言うとホッとしたように、ありがとうございますと宮下は電話を切った。

大きな溜め息をついて、美里は目を閉じた。習志野に再び会う口実ができたことを、心の底では喜んでいる自分がいる。

その反面、もっと傷が深くなるのではないかという恐ろしさもあった。

——正直、まだ全然信じられない。

就業後、いつものバーに赴いた美里は、ドアの前でしばらく突っ立ったままでいた。

——習志野さんが俺のせいで二日酔いをするほど飲むなどということが、あり得るんだろうか。甘いものさえ食べないなんて……他に何人も遊び相手はいるだろうし、大げさなんじゃないのか、幸恵さん。

それに今夜、果たして店内に習志野がいるかどうかもわからなかった。

とりあえずいるかいないかを確かめようとドアを開き、オレンジ色の落ち着いた照明の店内へと足を踏み入れる。

そっと見回してみたが、カウンターには誰も座っていなかった。

平日のせいか、珍しいほど客の姿はまばらで、テーブル席にカップルが一組いるだけだ。

「あっ、美里さん！」

カウンターでグラスを磨いていた児島が気付き、声をかけてくる。

「昨日は悪かったね、児島くん。いい大人がみっともないところを見せてしまって」

「そんなこと気にしなくていいですから、ちょっと来てくださいよ」

ぶんぶんと布団叩きを振り下ろす勢いで手招きされて、美里はカウンターの一番隅に腰を下ろした。

「よかった、美里さんが来てくれて！　俺じゃあどうにもならなくて困ってたんです」

「……もしかして、習志野さんのこと？」

尋ねると、児島は思い切り縦に首を振った。

「そうですよ！　今も酔いつぶれちゃって、店内じゃまずいから更衣室に寝かせてるんです。バイトと二人がかりで移動させるの、大変だったんですから」

「え、今いるのか？　酔いつぶれてって……こんな時間にもう？」

動揺する美里に、児島は俺からです、とペリエを出してくれた。

「いいですか、美里さん。これから言うことは、習志野さんには秘密です。本当はプロのバーテンダーとしては、酒の上で見聞きしたことは黙ってるべきなんでしょうけど。俺はまだ駆け出しだから言っちゃいます。耳の穴かっぽじって、よーく聞いてください」

「あ、ああ」

わけがわからないが児島の気迫に気圧《けお》され、思わずうなずいてしまう。

「じゃあ言います。あの人は……」

すう、と児島が息を吸い込み、美里はペリエをごくりと飲んだ。

「習志野さんは、美里さんに片思いをしてたんですよ」

――片思い？　誰が誰にだって？

「……げほっ」

ペリエが逆流してごほごほとむせ、それがようやく収まると、美里は目を丸くして児島を見上げる。

児島は困ったような憐《あわ》れむような、複雑な表情をしていた。

「俺は密かに習志野さんを応援してたんです。それなのに美里さんが遊び人で、まさかこんなことになるなんて」

「ちょっ、ちょっと待ってくれ！　それはいったいなんの話だ？」

ひたすら焦り慌てる美里に、児島は他の客には聞こえないよう静かな小声で、これまでのいきさつを説明し始めた。

かなり前から習志野が美里に好意を寄せ、以来まったく他の男には目もくれなくなったこと。

美里が自分をプレイボーイだと言った後にも、まだあきらめずに一縷《いちる》の望みにかけ、同居に踏み切ったこと。

しかし同居の解消と、他に好きな相手がいることを告げられて、習志野がボロボロになるほど傷ついたということを告げられる。

「そもそもあの人が俺なんかにまで相談して、舞い上がったり落ち込んだりするって、相当に本気でいれあげてたんですよ。それをひどいです、美里さん。冷たいのは見た目だけだと思ってたのに」

一気にまくしたてられても、美里は呆気にとられるばかりだ。

「ほ、本当に。本当にそれで……俺のことで習志野さんが荒れているというのか？」

「まあ、気が付かなかったのも無理はないと思います。俺は結構、人の恋路については目敏いんですが、それでも最初は、見た目が好みなんだろうな、くらいにしかわかりませんでしたから」

「勘違いじゃないのか？　だ、だってあの火事の日まで、声さえかけてこなかったのに」

とても信じられずにいる美里に、児島は熱心に言い募る。

「いつもみたいに簡単に誘えるような、軽いノリじゃなかったってことでしょ」

一旦言葉を切り、入ってきた客にいらっしゃいと声をかけてから、児島は小声で続けた。

「美里さんが居候するって決まった後、習志野さんがひとりで店に来て、びしっと俺に釘を刺したんです。今後美里さんに習志野さんが遊んでるとかなんとか、冗談でも二度と言うなって。そのとき初めてはっきりした気持ちを聞いて、俺も驚いて」

美里のグラスを持つ手が震える。児島は疲れたというように、溜め息と一緒に言葉を吐き出した。

「結構あれで声をかけるタイミングとか、いろいろ考えてたみたいですよ。あんなに遊んでたくせに人が変わったみたいに……」

「更衣室というのはどこだ？」

聞いている途中でいてもたってもいられなくなり、立ち上がって叫ぶように言うと、児島はニッと笑って指を差した。

「トイレの横の、スタッフルームって書いてあるドアです。出てくるまでは、誰も入れないようにしますから」

ありがとう、と言うより早く、美里の足は無意識に駆け出していた。


ドアを開いた先にあったのは、灰皿の乗ったテーブルとパイプ椅子、それにロッカーが三つあるだけの、四畳半ほどの薄暗いスペースだった。

そしてパイプ椅子とロッカーの、綿埃の転がっている五十センチほどの間の床に、大きな身体が古びたブランケットをかけて横たわっている。

ブランケットは、きっと店の備品を児島が調達してくれたのだろう。

美里はドキドキする胸を押さえつつ、そっとドアを閉めた。

近づくにつれ、むっとするような酒臭さが鼻を突く。

ロッカーのほうを向いている頭の後ろにしゃがみ、そっと顔をのぞき込んだ。

――……習志野さん……。

いつも隙がなくスタイリッシュだった習志野の、乱れた髪と無精ひげを見た瞬間、胸と喉がぎゅっと締め付けられるように美里は感じる。

あまりに横暴だと腹を立てたこともある。なんでこんな男を好きになったんだと、自己嫌悪に陥《おちい》った日もあった。

けれどこんな悲しい習志野の姿を見るくらいならば、傲慢《ごうまん》に美里を踏みつけてくれるほうが何倍もましだ。

眠っているようだが眉間には深い皺が刻まれて、なんだかひどく苦しそうに見える。

――もし。もしも児島くんが言っていたことが事実だとしたら。俺は……なんてどうしようもないバカだったんだろう。

そっと手を伸ばして肩に触れると、ビクッと身体が揺れた。

思いのほか大きな反応にサッと美里は手を引いたが、薄く瞼《まぶた》が開かれる。

「あ……」

何を言っていいのかわからず、息を詰めて見守っていると、酔って赤い目がゆっくりと正面のロッカーから天井に向く。

そして背後の気配に気が付いた瞬間、がばっと上体が起こされた。

「美里……？　なんでいるんだ。何をしてる、こんなところで」

「あなたこそ、何をしているんですか」

悄然《しょうぜん》としている習志野の姿に、思わず語尾が震えた。

美里は床に両膝をつき、へたり込んでいる習志野の前ににじり寄る。

「こんなに髪をボサボサにして。酒の匂いをぷんぷんさせて、シャツをくしゃくしゃにして。全然習志野さんらしくないじゃないですか！」

大きな身体にしがみ付くようにして、美里は習志野に抱きついた。

はずみでドンとロッカーに背をついた習志野は、一瞬驚いて身を引くそぶりをしたが、美里を押しのけることはしなかった。

「……触ると汚ぇぞ。夕べ風呂に入ってないんだ」

「どうだっていいですよ、そんなこと」

美里はアルコールの匂いのする汗ばんだ首筋に顔をうずめ、しっかりと背中に手を回す。

「帰りましょう、習志野さん」

「……うるさい、余計なお世話だ。今さら何しに来やがった。憐れみに来たのか」

くぐもった習志野の声には、苦い笑いが含まれている。

「なんでもいいから、立ってください。床になんか寝ないでください、お願いですから」

「放っておいてくれ。結構、冷たくて気持ちがいいんだ」

習志野はかなり酔っているらしく、ふざけているかのように言った。

「まあ、そうだな。お前が連れていってくれるなら、帰ってやってもいいけどな。でもお前には、他に帰る場所があるんだろうが」

そう言って、自分を押しのける習志野の焦点の定まらない瞳を、美里はやるせない思いで見つめる。

「俺には、そんな場所、どこにもないです」

「ああ？　適当なことを言うな。だいたいお前は、その……ツンケンしたミントアイスみてぇなツラのくせに、節操なく誰彼構わず寝るなんて、生意気なんだ」

「俺のことはどう思ってもいいですから」

「しつこい。スーパーの安い芋羊羹《いもようかん》くらいにしつこい。俺は今夜、この床で寝ると決めたんだ」

「頼むから、やめてください」

美里は泣きそうな声で言い、再び横になろうとする習志野の腕をつかむ。

習志野のこんな打ちのめされている姿を、たとえバーの関係者だけに対しても晒したくなかった。

「お願いします……一緒に帰ってください、習志野さん」

我知らず、ぽろりと涙が零れた。

すると座っていた習志野の目が、ほんの少しだけ見開かれる。

「――勝手なことばかり言いやがって。この、シュークリームの皮をかぶった辛子饅頭《からしまんじゆう》

め」

わけのわからないたとえをしながら、のそりと習志野は上体を起こした。

美里の腕をつかんでようやく立ち上がると、肩にもたれるようにして歩き出す。

そうして更衣室を出ると児島にタクシーを呼んでもらい、美里は無事に習志野をマンションへと連れ帰ったのだった。


「お水です。気持ち悪くないですか」

マンションのベッドルームに、どうにかたどり着いた美里は、甲斐甲斐《かいがい》しく習志野の世話を焼いていた。

皺になりかけている上着を脱がせ、ベルトと靴下を剝《は》ぎとり、シャツの喉元のボタンをはずして、冷たい水の入ったグラスを差し出す。

タクシーの中で再び眠ってしまっていた習志野は、水を一息に飲んでから、やっと状況を把握したようだった。

「……醜態《しゅうたい》を晒したようだな」

まだ完全ではないが、だいぶ酔いは醒《さ》めてきたらしい。

ベッドに腰を下ろし、乱れた髪をかきあげる習志野の隣に、美里は座る。

やっと理性が戻ってきたようだと、ホッと胸を撫で下ろした。

「はい。正直、あんな習志野さんを見るのは辛かったです」

ふん、と習志野は高い鼻に皺を寄せた。

「だったら見なきゃよかっただろうが。……なんだって店まで来た。……俺に飽きたんじゃなかったのか」

声と同じくらい冷たい目で、習志野はジロリと美里を見た。

「今夜のことは世話をかけた。が、悪いがもうお前と遊ぶ気がないのは俺も同じだ。……シャワーを浴びてくるから、その間に出て行ってくれ。引っ越し先の住所が決まったら教えろ。残りの荷物は送ってやる」

立ち上がりかけた習志野の腕を、美里は咄嗟につかむ。

「離せ。今さらなんのつもりだ！」

習志野は険しい顔で睨んできたが、美里は怯まず、たとえ殴られても罵られても決して離すまいと腕に力を入れた。

すでに美里の心は決まっていた。今ここで正直にすべてを話さないと、おそらく自分は一生後悔することになる。

すべての想いを込めて、赤い目をじっと見据《みす》えた。

「すみません！　俺、嘘をついていました！」

「嘘？」

怪訝な顔をして動きを止めた習志野に、美里は必死な面持ちで言う。

「お……俺は、習志野さん以外とは、男も女も付き合ったことありません！」

習志野はしばらく無言のままだったが、酒でどんよりと濁っていた目に、ゆっくりと強い光が戻ってくる。

「――どういうことだ。もう一度言ってみろ」

ぐいと肩をつかまれて、至近距離で視線を絡ませたまま美里は応じた。

「生まれてこのかた、他の誰ともセックスなんてしたことがない、と言ったんです。セックスだけじゃない。恋も、デートも、抱き合うことも。全部、習志野さんだけなんです。俺には、習志野さんしかいないんです！」

習志野は、どう考えていいかわからない、というように眉を寄せる。

「信じてもらえなくても仕方ないです。俺は、バカにされるんじゃないかと思って。は、初めてあの店で、前からずっと憧れていた習志野さんが隣に座って緊張して、それで……童貞だということがバレたらきっと引かれるし、初恋だと知られたら、重たいからと逃げられるんではないかと……っ！」

言い終える前に、ガッ、と力強い腕で抱き寄せられた美里の唇が、習志野の唇で塞がれた。

「んっ、んう……ん」

搦《から》め捕《と》られた舌がきつく吸われて、頭の奥がジンと痺れる。

美里は初めての深いくちづけにとまどいつつもその動きに応え、夢中で互いの口腔を貪るうちに、唇の端から唾液が零れる。

本気で相手を求めるキスに、うまいも下手もないのだとこのとき美里はようやく悟った。

――習志野さん。習志野さん……っ！

唇を塞がれたまま、美里は心の中で何度も愛しい名前を呼んだ。

習志野が自分のせいで泥酔して醜態を晒したのだと思うと、申し訳なさと愛しさが込み上げてきてどうにもならない。

ふわふわと楽しく憧れていた頃とはまったく違う、深く強い想いが今の美里にはあった。

酔ってしまいそうなほどのアルコールの香りと、舌が溶けてしまいそうな熱さで、美里はくらくらと眩暈《めまい》を起こしそうになってくる。

「っは、あ……っ、んっ、あ」

散々に口内を弄《まさぐ》ってから、習志野の唇は顎から美里の首へと移動していく。

「お、俺にとって、習志野さんは。全部、初めての……っあ、あ」

「もしも今言ったことが嘘だったら、俺は絶対にお前を許さない」

呻くような声に、頭の奥が甘く痺れた。美里は喘ぎながら、懸命に気持ちを伝える。

「本当です。俺は、遊ぶどころか……ゲイだとバレるのも怖くて。臆病で、小心者で、だ、だから っ……」

習志野の指がシャツを引きずり出し、ボタンを開けていった。

「習志野さん……っ！」

想う気持ちが破裂しそうで名前を呼ぶと、習志野は熱のこもった声で言う。

「猛だ。言ってみろ」

「た……猛、さん。俺、猛さんが好きだ。この世でひとりだけ、猛さんだけが」

自分から腕を伸ばして習志野の背に回すと、弱い胸の突起に習志野は夢中で舌を這わせてくる。

「っあ！　あっ、そこ……っ、あ、ああ」

習志野は皮膚の感触を味わうように隅々まで美里の肌を愛撫していく。

「クソ……ッ。可愛すぎて、どうしていいかわかんねぇ」

行為の最中に、習志野の余裕のない声を聞いたのは、初めてのことだった。

そうしながら互いに自分と相手を分け隔てている邪魔な衣類を、必死になって取りはらっていった。

「んっ、あ、あっ、ん」

ふたりして一糸まとわぬ姿になり、相手の皮膚も骨の形もすべて知りたいというように、身体と身体をしっかりと密着させ、手のひらで探り合う。

「ああ……あ、はあっ」

「じゃあお前、ここに来た日の夜……あれが最初だったのか？」

「そ、そうです。こ、怖かったですが、俺は、ずっと習志野さんが好きだったから。だから、どうされてもいいと思って、それで……っあ！」

ただでさえ開発されて敏感になっている身体は、ひっきりなしにひくひくと反応し、下腹部同士が触れ合う刺激だけで、すでに美里のものからは透明な液が溢れ出していた。

「あっ、あん……っ、う、ん」

両手で胸の突起を押しつぶすようにされながら、何度も習志野は深いくちづけを求めてくる。

習志野のものもすでに完全に勃ち上がっていて、美里のものとこすれ合っていた。

「んうっ、んんっ！」

嚙みつくほどに激しいキスを交わしながら、美里の腰が大きく跳ねる。

「は……っ、あ、あ」

「すごいな。いっちまったのか」

こすれ合った刺激で達してしまった美里の、汗で濡れた髪を、習志野は愛おしそうに撫でた。

「だって……っ」

少し指先が動くだけでも、神経がむき出しになってしまったように感じてしまうのだ。

浅ましすぎるだろうか、と心配になった美里だったが、それを見る習志野の目は、先刻までとは別人のように優しかった。

「お前のこんな顔や、こんな声を知ってるのは俺だけなんだよな」

「はっ……はい。今までも……多分、これからも」

「多分、なんて言うな」

つう、と濡れた下腹部を習志野の指が伝い、美里の放ったものを掬い上げる。

「っあ、はあっ」

「ずっと俺ひとりだけだ。そうだろ」

ぬるついた指が、美里の後ろの部分に触れてきて、美里はきつく目を閉じた。

達したばかりだというのにその部分がひくついて、早くも美里のものは熱を持ち始める。

「っひ！　ううっ」

ぐうっと長い中指が挿入されて、背中が反った。

「んんっ、あ、も、もうっ」

恥ずかしいほどきゅうきゅうと、美里の内部は習志野の指を締め付けてしまう。

「もう、なんだ?」

「っああ！　そこ、っ、やぁあ」

ぐりぐりと一番弱い部分を抉られて、美里の唇から甘い悲鳴が上がった。

「駄目っ、も、いやぁ」

羞恥よりも、下腹部からせりあがってくる快感に耐え切れず、美里は自ら足を広げ、無意識に誘うように腰をくねらせてしまう。

「もう少しだけ我慢しろ、美里。今日は俺も、加減ができそうにない。今入れたら……怪我させちまう」

「んあっ、あっ、猛さ、ん……っ」

二本に指が増やされ、曲げられた指が的確に美里の中を溶かしていった。

あれほどに激しく射精したはずなのに、またも美里のものは勃ち上がり、揺れながら淫らな液を滴らせてしまっている。

「も、もう、いれて、いれてぇ」

涙ながらに懇願すると、ずるりと指が引き抜かれ、その刺激で美里の喉がひゅうと鳴った。

習志野は改めて美里の両足を広げて肩に担ぐようにし、腰を抱える。そうして。

「――――っあああ！」

貫かれる衝撃だけで、美里は達しそうなほどの快感に嬌声を上げた。

「美里……っ」

習志野は一息に最奥まで自身を埋め込むと、容赦なく深く突き上げてくる。

「ひっ、あ！　ああ――――っ！　やああ！」

限界まで深々と結合した直後に、ずるりと一気に引き抜かれ、そしてまた根本まで埋め込まれた。

激しすぎる快感に、美里はもうわけがわからない。

「いやっ、ああ！　っあ」

互いの吐息と汗と体液が混じり、こすれ合い、いやらしい濡れた音を立て続ける。

「ま、また、いく……っ、いっちゃ……あっ、ああ！」

びくびくと痙攣する身体を、なおも習志野は抉るように腰を使って責めたてた。

「待っ……あっ、あっ、駄目ぇ！」

涙でかすんだ美里の目に、自分の膝がガクガクと震えているのが映る。

絶え間なく与えられる快感で、おかしくなってしまいそうで怖かった。

――でも、いい。おかしくなっても、どうなってもいい……っ！

どっと熱いものが体内に溢れ、習志野が身を震わせる。

が、肩で息をしている美里の呼吸が整う間もなく、ふたたび体内のものは硬度を取り戻していく。

「……あ、ああ……っ」

だらしなく唇の端から、唾液が流れているのがわかっても、それを拭うことさえ美里にはできない。

とろけてしまいそうな身体を習志野がしっかりと抱え、貪欲に腰をすすめてくる。

「絶対に、誰にも触らせねぇ」

耳元で熱い吐息とともに、習志野が囁いた。

「比佐史。俺だけの……」

美里はその頭をかき抱くようにして、自分から唇を重ねたのだった。


目が覚めたのは、明け方だった。

簡単に汚れを拭っただけで、汗と体液と涙でどろどろになって気を失うようにして眠ったはずなのに、心はこれ以上ないほどに満ち足りている。

美里の頭は腕枕をされていて、しっかりと習志野の腕が肩を抱いていた。

――習志野さんの匂いだ……。

汗とコロンの混じった、よく知っている香りに包まれていることが、なんだかとても幸せに感じられる。

甘えるように身体をすり寄せると、かすかに習志野の瞼が震えた。

「……美里」

泥酔していたせいもあってか、目をしばしばさせている習志野に、思わず美里は謝る。

「起こしてすみません。まだ、早いですから寝てください」

そう口に出して驚いた。咽喉がひりつくように痛くて、声がガラガラだったからだ。

ふ、と習志野は小さく笑う。

「色っぽい声だな。あれだけ可愛く鳴き続けたら、無理もないが」

「……だ、誰のせいだと思っているんですか」

むくれる美里の額に、習志野は唇を押し当ててくる。

「俺だろ?」

「こっ、こういう恥ずかしいことを平気でしないでください、遊び人だからって」

今までのノリでうっかり言うと、習志野は真顔になった。

「遊び人じゃない。本当だ。少なくともお前に出会ってからは、他の誰も目に入らない」

真摯《しんし》な目の色に、嘘ではないと美里は感じるが、それでも様々なわだかまりはまだすべて消えたわけではない。

「それは……そうだったらいいな、とは思います。会社に、宮下さんから電話があったので、ある程度の事情はうかがいましたから」

「幸恵から？　……あいつにも迷惑をかけちまったな。仕方ない、当分は無償で残業だ。……それでお前が店にまで来たわけか」

「はい。お友達の怪我は、大丈夫なんですか？」

「ああ。軽い怪我じゃなかったが、峠は越えている。幸恵はまだ不安なようだが、こんなことでめげるようなやつじゃない」

　よかった、と美里は人のよさそうな宮下幸恵の声を思い出してホッとする。

「彼女から、習志野さんは女性はまったく恋愛対象にできないと聞きましたが。そうなんですか？」

「……ああ。母親にうんざりしたせいかもしれねぇな。まあ、友達として付き合う分には問題ないが」

「別に理由がなくても、気が付いたらゲイだった、ということもありますよ。俺がそうです」

　そう言うと、おい、と習志野は美里の鼻を軽くつまんだ。

「お前、結婚がどうだの言ってたじゃねぇか。あれも嘘か？」

「はひ。らって、習志野さんの本命は女性だと思ったから、腹が立って」

　ふがふがと言い訳すると、習志野は苦笑して鼻を解放してくれる。

「まあ確かに、誤解されて仕方ないようなことをしちまったからな。俺も悪かった」

「それと、児島くんからもいろいろ教えてもらいました」

ち、と習志野は小さく舌打ちをする。

「あの野郎。余計なことは言うなと言ったのに」

「余計じゃないです。俺は色恋沙汰には疎いので、はっきり言ってもらわないとわからないですから。でも」

詳細を知ることがまだほんの少し怖くて、美里はためらいがちに言う。

「でも、外泊が多かったじゃないですか。あれは本当は、他の人とどこかに泊まっていたんじゃないですか？　か……会社に泊まると言っていましたが、下着が新しいものになっていたり、ここのものとは違うボディソープやシャンプーの香りがしていたことに、俺は気が付いていたんですよ」

以前は覚悟の上で、割り切ろうと努力をしていたからそこまでのことはなかったが、習志野への気持ちが抑えきれなくなった今、外泊や他の相手の存在を思い出すと、胸が張り裂けそうに感じる。

その想いが伝わったのか、習志野は慰めるように美里の髪を撫でた。

「正直に言うとな。会社じゃなく、ホテルには泊まってた」

うっ、と美里はへこみかけるが、すぐに習志野は言う。

「だがもちろん、ビジネスホテルにひとりで泊まっただけだ。外泊したのは、お前が……他の男のことを匂わせて、自分でも制御できないほど滅茶苦茶《めちゃくちゃ》にしてやりたくなったとき、傍にいたらヤバイと感じて逃げていたんだ」

「え。で、でも……結構、無茶をされていたと思うんですけど……」

玄関ドアを開けたまま犯されたことなどを思い出し、もそもそと仏頂面で抗議する美里に、あれでも手加減したんだと習志野は苦笑する。

「可愛さ余って憎さ百倍ってやつだ。それにこっちばかりが男たらしのお前に惚れてる、なんて構図は癪に障る」

「じゃ、じゃあ、習志野さんとのデートをすっぽかした人は？」

「そんなやつは最初からいない」

習志野は腕枕した肩を竦めるように、わずかに動かしてから、あっさり答える。

「幸恵に、なんかいい恋愛映画はないかと聞いたら、誰か好きな人でもできたのかと見破られちまった。女の勘ってやつはすごいな」

「あ。そうだったんですか」

「そんなリスクをおかしてまで俺なりにさりげなく、『遊び人』の美里をデートに連れ出したつもりだったんだが。……着く早々、別の男の話をし出すわ、痴漢にあうわ、お前ときたらまったく思い通りになりゃしねぇ」

「おっ、俺だって、『遊び人』の習志野さ……猛さんに、重たく思われないようにお弁当を作ろうと、前の晩から用意をして、楽しみで眠れなくて大変だったんですよ。それなのに途中でひとりにされてしまうし」

「そりゃあ可哀想だったな」

習志野がそう言った後、一瞬黙り込んだふたりは、次の瞬間吹きだしていた。

「バカだな、俺たち」

「バカですよ、本当に」

顔を見合わせてひとしきり笑ってから、鼻と鼻を摺り寄せ、額に頬にキスをする。

しかしなあ、と習志野は自嘲ぎみに言う。

「いつもの俺ならヘタクソな芝居をされたところで、あっさり見破れていたはずなんだ。ところがお前に対しては、冷静でいられなかったんだろうな。全部言われたままを真に受けて、言葉の裏を読むことすらできなかった。こんなに平常心がどっかいっちまったのは初めてだ」

「俺には習志野さんは、余裕たっぷりに見えましたが」

いつも淡々としていたし、引っ越しを告げたときだって、あっさりしていたではないかと美里は思う。

「そりゃ、そう見える振る舞いをできる程度には年を食ってるからな。お前だって、いつもすましたツラだったじゃないか」

「俺だってこう見えても営業のはしくれですから、虚勢くらい張れます。しかし中身は天まで昇ったり海底まで沈んだり、上へ下へ大騒ぎしていましたよ。だってまさか、習志野さんが俺を意識していたなんて知りませんでしたし……正直、今でも信じられません。いつからですか？」

まだ半信半疑の美里に、習志野は珍しく男らしい眉尻を下げた。

「いつから……そうだな。お前がカウンターでグラスを倒したことがあっただろう。その前から、お高くとまった美形がいるな、とは思ってたんだ。ところがそのハプニングでの慌てっぷりが見た目に反して……可愛かった。ものすごく」

そう言うと習志野はふいに身体をよじり、ヘッドボードの引き出しに手を伸ばした。

「お前は疑い深そうだから、証拠を見せてやる。これがなんだかわかるか」

習志野が目の前にかざした物を見て、美里は思わず顔をしかめる。

それは習志野とベッドを共にした、女性の忘れ物だとばかり思っていたものだったからだ。

「……そのヘアピンが、どうしたというんです」

拗ねた口調の美里に、ヘアピンじゃないと習志野は否定した。

「やっぱり覚えてねぇか。これはカクテルピンだ」

「カクテル……ピン？」

「ああ。あのときお前がひっくり返したマティーニの、オリーブに刺さってた。誰かが踏んづけて曲がっちまってるけどな」

「えっ？　そ、それをわざわざ拾って、持っていたということですか？」

美里はあの日、華奢《きやしや》なグラスを倒して大慌てしたことに懲《こ》り、以来カクテルを頼んでいなかったから、そんなものの存在はまったく覚えていなかった。

びっくりしている美里に、習志野は気まずそうな表情になる。

「それだけ俺には、忘れ難い相手だったってことだ。……クソ。改めて説明すると、我ながら危ないやつみたいだな」

言ううちに、習志野の目の下が酔いとは別にだんだんと赤くなっていくのを見て、美里の頬も熱くなっていく。

――こ、これはもしかして……照れているのか？　あの隙のない、モテ男で、自信家で、傲慢な習志野さんが？

自分が赤面しているのに気付いていないであろう習志野は、困ったような顔をしながら続けた。

「なんて言えばいいんだろうな。こう……有名パティシエのケーキだと思って眺めたもんが、実はおかあさんの手作りでした、みたいなギャップに……中学生のガキみたいにきゅんとしちまったんだよ」

――きゅんとしたのは俺のほうだ！

美里はたまらなくなって、習志野の胸に頬を寄せる。

伝わってくる心臓の鼓動も体温も、何もかもが愛しい。

まったく、と嬉しいような困ったような複雑な声で、習志野は溜め息混じりに言う。

「俺なんかが気軽に手を出せない、素朴で繊細な風味だろうと見守ってたってのに。お前ときたら、ボクには合成着色料も人工甘味料もなんでも入ってます、みたいな自己紹介を始めやがるから、だったら遠慮なく食い散らかしてやろうかと」

舞台裏を知った上で言われてみれば、確かに初対面はそうだったかもしれないと美里は苦笑する。

「そのほうが共感してもらえて、習志野さんに近づけるかなと思ったんですよ。まさかまともに相手にしてもらえるとは、思ってもみないですから」

「こっちもまさかそのツラで、そんなにまで自信のないやつとは思わなかったしな」

美里は少し不安になってきて、上目づかいに習志野を見た。

「……嫌ですか、こんな俺じゃ。もっと一緒にいたら、習志野さんには見られたくないところも見られると思うし……こ、これまで隠していたこともバレるかもしれない」

「おい。まだなんかあるのかよ?」

一気に緊迫した習志野の声に、美里は恐る恐る打ち明ける。

「その。服のメーカーなんかほとんど知らないですし。アロマなんとかより蚊取り線香の匂いが好きだし、新聞の今日の占いとか結構真剣に見てしまいますし。お洒落もグルメも縁がなくて、俺、本当に冴えない男なんですよ」

本気で心配している美里に、習志野は笑いを堪えるような表情になった。

「それが事実なら、むしろ好感度が十倍増しになるんだが」

「ほ、本当ですか？　晩生《おくて》で地味で野暮ったい俺に、幻滅したりしていません？」

「そんなわけねぇだろうが。お前はどうなんだ。俺だって完璧ってわけじゃなかっただろうが」

「……まあ、確かに。こんなに甘党とは知りませんでした」

正直に伝えると、習志野は真剣な顔つきになった。

「言っておくが俺は」

何を言われるのかと、美里はごくりと息を呑む。

「カステラの本体より、下に敷いた紙にくっついている部分のほうが好きだ」

力強い宣言に、美里は思わずうなずいた。

「カップアイスの蓋の裏についた部分もきっちり食う。それに喫茶店では人目もはばからずパフェを注文する。どうだ、がっかりしたか？」

確かに知り合ったばかりの頃だったら、ガラガラとイメージが崩壊しただろうが、今は違う。

カステラに関しては、確かに少し焦げたところは美味しいと共感できる。

ぶっきらぼうにウエイトレスにパフェをオーダーする習志野の姿も、ちょっと見てみたい。きっと、可愛い。

「がっかりなんかしないですよ。身体が心配ではありますが」

「定期的に歯科検診は受けているし、血糖値にも問題ないから安心しろ。自分でも極端だとは思うが……なんだろうな。甘いものを食ってると気が休まるんだ」

なんでそんなことに、と美里は首を傾げる。

「子供の頃甘いものを禁止されていて、その反動で、とかですか？」

「いや。逆だな。父親が菓子作りが好きだったから、よく食わされてたんだが」

習志野は遠い目をして、昔を語った。

「そうか。考えてみれば、その頃はまだ家族円満で落ち着いた暮らしをしてた。……甘い匂いや味に安心感があるのは、そのせいかもしれないな」

幼い記憶がそうさせるのかと納得しながら、スイーツとは無縁に見える精悍な顔を見るうちに、美里は改めてときめいてしまった。

気持ちが通じた今となっては、むしろ見た目とのギャップすら愛しく思える。

それに考えてみれば、念願がまた一つ叶うことになるではないか。

バレンタインデーのチョコレート作りだ。

――板チョコを買って、湯煎《ゆせん》で溶かして、カラフルなトッピングをして、文字を入れて。

……一度やってみたかったんだ。そうだ、それにクリスマスも誕生日も、習志野さんのためにケーキを焼こう。

久々にパアッと美里の脳裏に、花々が咲き乱れる。

やさぐれていた天使たちは更生して鉢巻を締め、せっせと宝箱を作り直し始めていた。

けれどこれはもう夢ではない。楽しみな現実の具体的な予定だ。

新しい宝箱には習志野と過ごす思い出が、大切に保管されていくことになるだろう。

「じゃあ俺がお菓子を作ったら、食べてくれますか？」

尋ねると習志野は、当然だとうなずいた。

「お前が作ったものなら、砂糖の代わりにクレンザーが使われていても食う」

「う、嬉しいですが、そこまで救いようのない失敗はしないですよ」

苦笑する美里に、しかし、と習志野は続ける。

「どんなものより、甘い匂いの充満するキッチンで、デザートを作る美里を食うのが一番美味そうだな」

「え……それは、あの」

こちらが照れて真っ赤になるようなことを言ってから、習志野はそっとくちづけてきた。

ついばむように数度重なってから、思い切って美里のほうから舌先を習志野の口腔にしのばせると、応じてきた舌が飴玉を味わうように優しく絡みついてくる。

「ん……んん……」

このままいくと互いにまたその気になってしまいそうだが、さすがにそれでは身体がもたない。

やがて名残惜し気に唇を離すと、美里は満足の溜め息をついた。

習志野はそんな美里を慈《いつく》しむような目で見ていたが、ふと思い出したように言う。

「そういえば美里。こいつとしかキスをしないと心に決めたやつがいたんだったよな。そいつのことも正直に白状しろ。本当にもう、あきらめたのか？」

「……え？」

うっとりするような甘いキスに酔い、とろんとした目で、なんの話だったっけと美里は記憶をたぐり、その脳裏に白黒の大きな姿が浮かぶ。

そして正直に、『マサオ』の正体を種明かしした結果。

ふたりは目に涙を浮かべるほど笑ってから、もう一度幸福なキスを交わしたのだった。

家に帰るまでが、仕事です。

——……綺麗《きれい》な男だな。二枚目だのイケメンだの言われるやつはいくらでもいるが。冷たい美貌、って言葉がふさわしい容姿の男はそういない。

馴染みのバーのテーブル席で水割りを口にしていた習志野《ならしの》は、斜め前のカウンター席に座っている青年を眺めながら、心の中でそうつぶやいた。

もっとも今この位置から見えるのは、ほぼ横顔だけだ。

習志野はしばらく前から、この青年を見知っている。

ここ最近、週末のたびに店のカウンター席で、静かに飲んでいる姿を見かけていた。

地味なスーツ姿からして会社帰りのサラリーマンのようだが、知的な美形というだけでなく、どこか他の客とは違う雰囲気をその青年はまとっている。

はっきりとは形容し難《がた》いが、何か硬質なバリアでも張り巡らされているような感じがして、話しかけづらい。

いつもであれば、ちょっといいなと思った男がいれば隣に座り、一杯奢《おご》って簡単にお近づきになるのだが、珍しく習志野の腰は重かった。

——遠くから眺めてるうちが花、ってこともあるからな。ツラはまさに好みだが、中身が食えるとは限らない。観賞用かもしれねぇ。

というのも、青年は児島《こじま》とポツポツ会話はしているようだが笑顔が少なく、ツンとすましているように感じたからだ。

——いくら整った外見でも、それを鼻にかけてお高くとまってるようなやつはごめんだ。楽しく飲んで一夜を過ごす相手なら、他にいくらでもいた。何も焦ることはない。そう考えてこの夜も青年の存在を意識しつつ、グラスを傾けていたのだが。

「——あ！　わわっ。あっ、そっちにも零《こぼ》れて……」

カウンターから慌てた声がして、習志野は思わず腰を浮かせる。

声の主は例の青年で、椅子から立ち上がっていた。どうやら、足の細いカクテルグラスを倒してしまったらしい。

「慌てなくて大丈夫ですよ。服は濡れませんでしたか」

児島が落ち着いた声で愛想よく言い、てきぱきとカウンターを拭き始める。

「ご、ごめん。グラスは割れていないみたいでよかった」

「ああ、触らずにそのまま置いといてください。欠けてたりしたら危ないですから」

でも、と眼鏡の青年はおろおろして、児島とグラスを交互に見ている。

——すまして神経質って印象があったが。グラスを倒したくらいで、あんなふうに取り乱すのか。

習志野が青年に抱いていたイメージは一気に変わったが、それは決して悪い変化ではなかった。

ありていに言えば、うろたえつつ児島に気を遣う青年が、とても可愛らしく見えたのだ。

冷たく整った外見に反し腰は低く、言葉は朴訥《ぼくとつ》で声音は柔らかく、初々《ういうい》しさすら感じさせる。

なんだか微笑ましく思って見ていた習志野だが、ふいに粘っこい声がその気分を台無しにした。

「おい、お兄さん。俺のデニムにも酒がかかっちまったんだけど」

声の持ち主は、青年の隣に座っていたひげ面の男だった。

店内に客はまばらで、カウンターもテーブル席もいくらでも空いている。

それなのにわざわざ青年の隣に座ったのは誘うつもりなのではないかと、習志野は店に入ったときから気になっていた。

その悪い予感は当たっていたらしい。

「このデニムさ。ヴィンテージで、高いんだよね。クリーニングになんか出せないしさあ。……せめて拭いてくれない？」

「あっ、申し訳ありません！」

青年は飛び上がるようにして言うと、おしぼりを急いで児島に渡してもらい、ひげ面の男の太もも部分を拭き始めた。

「は、早ければ、少しは染みが取れるかもしれないですよね」

「うん。丁寧にやってよね。染みが残ったら弁償してもらうから」

えっ、と青年は動揺して男を見た。

「あの。ちなみに、お、おいくらくらいするんですか」

「んん？　そうだな、今だと軽く五十万はするかなぁ」

ええっ、と驚愕する青年のおしぼりを持った手首に、ニヤリと笑って男が触れる。

「でも、あんたの出方によっては安くしてもいいよ。これから、俺と……」

青年の手首を握り、自分の股間へと誘導しようとした男の背後に、習志野は怒りを潜《ひそ》めて近づいた。

「ほう、なるほどいいデニムだ。東西《とうざい》ストアジーンズのヴィンテージ加工、定価二千九百八十円、だな。ステッチで一発でわかる」

店内に響く低音でびしりと言うと、ひげ面の男はポカンとし、次にその顔が一気に赤く染まった。

表に出ろ、という少々厄介な流れになるかもしれないと思ったのだが。

「そっ……そんなに一発で安物だとわかるもんなのか」

どうやら怒りよりも、嘘がバレた恥ずかしさが勝ったらしい。

青年をつかんでいた手を引っ込めると、男はすごすごと店を出て行った。

「あっ、あの」

青年は、眼鏡の奥の切れ長の澄んだ瞳をこちらに向ける。

「助かりました。ありがとうございます」

言われた瞬間、習志野の心に想像もしない変化が生じた。

学生時代から散々に浮名を流し、言い寄ってくる相手にことかいたことなどなく、純愛など考えただけでも面倒くさい。

そんな習志野が、屈託のない青年の笑顔を見た瞬間、中学生のようにときめいてしまったのだ。

そのため、いつもであればこれを機会に自己紹介して一気に距離を縮めるところなのだが、習志野は青年から視線を逸《そ》らしてしまった。

「……礼を言われる筋合いはない。あの男が鼻についただけだ」

無愛想にそう言って、自分のグラスが置いてあるテーブル席へ急いで戻る。

――何をやってるんだ、俺は。

我ながらどうかしている、と眉間に皺を寄せ、習志野は何気なく足元に目をやった。

――……これは。

薄暗い照明に、ぼんやりと浮かび上がったのは、アクリルの小さな青いバラのカクテルピンと、誰かに踏まれたか蹴られたかしたらしく、割れているオリーブの実だった。

青年が倒したマティーニのカクテルグラスから、転がってきたらしい。

「……」

習志野がカウンターの様子をうかがうと、すでに児島が処置を終えていて、新しいグラスを青年に差し出している。

そちらを気にしながら、スッと習志野はカクテルピンを拾い、ポケットに仕舞《しま》った。

ホッと溜め息をつき、ますます自分は何をしているのかと動揺して、ばりばりとつまみのチョコレートを齧《かじ》る。

——くそ。あんなすましたツラのくせに、グラスを倒したくらいでおろおろしやがって。

……守ってやりたくなるじゃねぇか。

この夜から習志野は、人知れず眼鏡の青年のボディガードと化した。

おそらく二十代の半ばだろうし、こうした店に出入りするくらいだから、純情などということがあるはずはない。

しかし迂闊《うかつ》に手を出して汚したくないという、自分でもどうかしているとしか思えない気持ちが習志野にはあった。

今夜のように美里に近づこうとする客を遠ざけるため、習志野が声をかけた相手は何人かいるが、そのまま深い付き合いになったことはない。

それどころか、どんなに好みの容姿の男がいようが食指が動かなくなっていた。

美里がグラスを倒したあの日以来、他のすべてが恋愛対象ではない同じ生き物か、あるいは恋敵《こいがたき》としか思えなくなってしまっている。

――この年で、まさか初恋だとでもいうのか。

慣れない感情にうろたえつつタイミングを見計らい、ようやく声をかけるに至るまでには、出会ってから半年もの月日を要したのだった。


気持ちが無理ならば、せめて身体だけでも。

そんな思いで美里との同居に踏み切った習志野だったが、本来ならば、ずっと想いを寄せていた相手との暮らしは気持ちが浮き立つはずなのに、それは忍耐の日々だった。

仕草や行動が少し抜けていたり、変なところで生真面目だったりするのが可愛くて、傍《そば》にいればいるほど好感を持つのだが、とにかく何かにつけて美里《みさと》は他の男の話を持ち出したからだ。

それに時折、遊んでいるのを自慢するようなところがあり、それは嫉妬《しっと》と相まってひどく鼻につく。

口惜しさと腹立ちで、本当ならば大事にしたいのに、何度もひどい抱き方をした。

このままでは滅茶苦茶《めちゃくちゃ》に傷つけてしまうのではないかという恐れが生まれ、暴走してしまう自分を抑えきれず、逃げるように習志野は外泊を繰り返す。

一方的にのぼせている自分が無様《ぶざま》で、ひどく滑稽《こっけい》に思えた。

結局本音を言えないまま、とうとう美里に出て行くと告げられた習志野にできたことは、バーで飲んだくれることだけだった。

無様な醜態《しゅうたい》を晒している自覚はあったが、何もかもどうでもよく思える。

本気の恋はこんなにまで苦しいものなのだと、三十路《みそじ》にして習志野はようやく悟った。

けれど、そのわずか数時間後に美里に告白され、本気の恋はこんなにまで人を幸福にさせるのだと実感する。

どちらも同じくらいに想い合っていたということが、奇跡のように感じられた。

そうなると瞬く間に、ついさっきまで泥酔してこの世の終わりのように苦悩していたことも、笑い話になってしまう。

けれど気持ちが通じ合った瞬間は、決してふたりのゴールではなかった。

そこからが始まりだったのだ。


『もしもしぃ。習志野さん、れすか』

「おい、今誰とどこにいる。無事なのか。誘拐なんかされてねぇだろうな」

同居を始めたのは秋だったが、今はすっかり冬になっている。

雪でも降りそうな気温の夜、美里の帰宅はひどく遅かった。

まったく宗教には無関心で神も仏も知ったことではない習志野だったが、この日はずっと美里が無事でいるようにと夜空の星に祈っていた。

だから電話がかかってきたときには、思わずガッツポーズを取ってしまったくらいだ。

が、美里はこちらの気持ちも知らず、のんびりと間の抜けた声を出す。

『誘拐なんかされてないれすよぉ。何を言っているんれすか』

呂律《ろれつ》の回っていない美里に、習志野はやはり心配になってくる。

「お前、相当飲んでるのか」

これまで習志野は何度もメールを送ったのだが、どうやら酔っていて気が付かなかったらしい。

『酔っています。だって今日は接待があるから遅くなると、言ったじゃないれすか』

「ああわかったから、現在位置を言え。終電には間に合ったのか」

――あんな美形が泥酔してたら、ご自由にお持ち帰りくださいと言ってるようなもんじゃねぇか。

やきもきしている習志野とは反対に、またも呑気《のんき》な声が返される。

『間に合いましたよ。だから今俺はぁ、ちゃんと駅にいるんであって』

「駅ってこっちの駅か？　よ、よし、じゃあそこからタクシーを使え。寄り道しないで急いで帰ってこい」

そう言うと、いやれす、と反抗的な声が返ってくる。

『深夜料金、高いじゃないれすか。あ、そうだ。コンビニに寄って、タクシーを使わなかった分のお金で、冬季限定ホワイトチョコクッキーなんとかをお土産に買って帰ります。昨日が発売日らのに、買い損ねたと言っていたれしょ』

駄目だ！　と習志野は速攻で却下する。

「ホワイトチョコクッキースペシャルアイスデラックスなら、今日帰りに箱買いしてきたからタクシーで帰れ！　ふらふら歩いて転んだらどうするんだ！」

『転んだらって、何言ってるんれすか、習志野さんは。俺だってねぇ、いい年をした社会人れすよ。こう見えても、転ぶときはしっかり転んでみせますよ』

もう言っていることが滅茶苦茶だ。

転んだり事故にあったりすることも心配だが、暗い道では変質者の被害にあうかもしれない。

普通は社会人の男に対してする心配ではないのだろうが、実際に映画館で美里が痴漢にあっている現場を見た習志野としては、充分に現実的な危惧《きぐ》だった。

――拉致《らち》されて、あんなことやこんなことだってされるかもしれないじゃねぇか！　酔った美里が道端に転がってたら、俺は間違いなくそうする！

「いいか、そこでじっとしていろ。一歩でも動くなよ、わかったな！」

厳しい声で言い、習志野は美里を迎えに行くべく車のキーを探し、そこでハッとする。

ひとりで夕飯を食べた後、美里を待ちながら心配を紛らわすために、ゼリービーンズをつまみに缶ビールを飲んでしまっていたからだ。

くそ、と呻《うめ》いて部屋着にダウンコートをひっかけるとマフラーをつかみ、習志野はキンと冷えている夜の道を走ったのだった。


息せき切らしながら走っていくと、駅前広場のベンチで美里は鞄《かばん》を胸に抱え、こちらの姿を見つけるとにこにこしながら手を振った。

まったく、と白い息を吐きながらも、習志野は安堵《あんど》する。

横に腰を下ろして、ぐるぐると美里の細い首にマフラーを巻いてやった。

「ほらさっさと立て。早く帰らないと風邪を引くぞ」

「だって、習志野さんが動くなって言うから。ちゃんと言うことをきいて、俺はずっと動かないでいたんれすよ。風でビニールが飛んできて、顔にばさばさひっかかっても、じっと我慢していたんれすからね」

「ああ、偉かったな。褒《ほ》めてやる」

苦笑して腕をとり、立ち上がるようにうながすと、美里は素直に腰を上げた。

「こんなにべろべろになりやがって、どれくらい飲んだんだ」

鞄を持ってやりながら言うと、美里はへらへらしていた表情から、しかめっ面になった。

「ええと。ビール一本と、日本酒の……三合徳利《とつくり》を……どれくらいかなぁ」

「そんなに飲んだのか。お前、ポン酒は苦手だっただろ」

「別に、俺が飲みたくて飲んだんじゃないんれすよ。接待相手に、すすめられて。おちょこを空にすると、すかさずなみなみと注ぐんで、飲んでも飲んでも終わらなくて、わんこ蕎麦《そば》かよ！　っていう」

その情景を想像するうちに、習志野の表情は険しいものになっていく。

「……座敷で飲む傍から注ぐってことは、そいつはお前の隣に座ってたのか？」

「課長がいたときは、正面にいたんれすけど、いったん商談がまとまって課長が携帯使うんで席を外したら、隣に来たんれす」

美里はよたよたと歩き出したが、足元がおぼつかない。

やはり迎えに来てよかったと習志野は思う。

「その後、課長が戻ってもずっと隣にいて。課長はしっかり機嫌をとれよ、みたいに俺を見ているし。そんな状況でお酌《しやく》してくれるのを断ったり、できないれすよ。らって、企画室長の習志野さんと違って、俺はしがない平サラリーマンれすから」

話を聞きながら、習志野はその取引先相手に疑念を抱いた。

なんだって接待の営業を、そこまで酔わせる必要があるのか。

鼻の下を伸ばしたオヤジが立場にものを言わせ、美里にべたべたしながらせっせと酌をしているのを想像するうちに、腹が立ってくる。

眉間の皺が深くなってきたそのとき、美里がふいに俯《うつむ》いて、立ち止まった。

「どうした。気分でも悪いのか」

習志野が聞くと、ふるふる、とストレートの髪が揺れる。

「あ、あの。気が付いたんれすけど。今、夜ですよね」

「ああ？　何当たり前のことを言ってるんだ酔っ払い」

「暗くて、人通りがないれすよね」

「……それがなんだ」

「お願いが……あるんれす。頼みを、きいてくれますか」

「？　ああ。歩くのが辛ければタクシーをつかまえてやる—」

意図がわからず困惑していると、美里はパッと顔を上げた。

目は酔っているせいもあるのか潤んできらきらし、頬は赤く染まっている。

「おっ、俺と手を繋いで歩いてくらさい！」

想定外の頼み事に呆気にとられた習志野だったが、神妙な顔の美里を見るうちに、なぜか猛烈に照れくさくなってしまった。

――なんなんだ、こいつは。どうしてこんな可愛いことを唐突に言い出す。天使か？ 俺のためにスイーツの国からやってきた妖精なのか？

うろたえる習志野に、美里は上目づかいでなおもねだってくる。

「夢なんれすけど。駄目れすか？」

「い……いや。お安い御用だ」

美里は酔っているのだから、多分そんなに真剣に考える必要はないのだろう。

気楽に冗談ぽく振る舞えばいいと思うのだが、習志野の動きはぎこちなかった。

触れてきた冷たい指と指の間に、自分の指を絡めながら、どんどん顔が熱くなるのがわかる。

――いい年をしたオヤジがサラリーマンと手を繋いだくらいで、何をうろたえてるんだ。

だが心底嬉しそうな美里の笑顔を見ると、照れることすら申し訳ない気がした。

繋いでいる指の感触は、これまで触れたどんな人間の身体よりも優しく滑らかで、繊細なものに思える。

数多くの男に手を出してきた習志野にとって、手を繋ぐだけのことでこんな気持ちになるなど、想像したこともなかった。

可能であれば今この場で押し倒し、滅茶苦茶にキスして抱き締めたい。

えへへ、と美里は赤い顔で笑い、習志野の手を引くようにして歩き出す。

「星空の下を、大好きな人と手を繋いで歩けるなんて、すごい奇跡みたいなことです。少なくとも、俺にとってはそうなんれす」

——俺にとってもそうだ。お前とだったら星空の下でなくても……いばらの道でも断崖絶壁でも、手を繋いでどこまででも歩いていける。

習志野のマンションが近づくにつれ、ふたりの歩みはゆっくりになった。

風は頬を刺すようで息は白かったが、どちらも寒いとは一言も口にせず、遠回りをして帰ったのだった。


冷たい冬の風に吹かれて、帰宅した頃には美里の酔いはだいぶ醒めてきていた。

「とりあえず、暖まれ」

重たいコートとスーツをリビングで脱がせると、習志野は美里をバスルームに誘導する。

急いで浴槽の湯の温度を調節してから、脱衣所で美里に手を貸した。

「も……もう平気です。すみません、面倒かけて。ひとりで入れますから」

回っていなかった呂律も、すでに元に戻っている。

けれど頬を染めている美里から眼鏡をはずし、習志野は駄目だと言った。

「まだ足元がふらついてるだろ。滑って転びそうだ。それに少し……気になることもあるからな」

え？　と首を傾げる美里を伴い、習志野はバスルームに入る。

「ほら。肩に手をかけて、つかまってろ」

「もうそこまで酔ってないですって……」

そう言いながらも美里は素直に、習志野の肩に軽く手をかけた。

シャワーのコックをひねり、冷えた身体にたっぷりの湯をかける。

美里は明るい場所で裸になることに、いまだに恥ずかしさがあるらしい。

それがどうしようもなく可愛くて、つい苛《いじ》めてやりたくなってしまう。

習志野から目を逸らして耳たぶまでほんのり赤くしているのが、無意識に誘っているように色っぽく見える。

充分に身体が温まると湯を止めて、シャワーノズルをフックにかけた。

「美里。ちょっとじっとしてろよ」

濡れた髪の張り付いた耳元で囁くと、顔を背けていた美里がこちらを見る。

「え？　なんで……っあ！」

つうっと指先を背骨に沿って滑らせると、びくりと白い身体が反応した。

「酔いつぶされて、取引先とやらに何かされていないか調べさせろ」

「しっ、仕事ですよ。何かされてるわけが……っ」

何もないことはわかっているのだが、言いかけた唇を、習志野はキスで塞いだ。

このまま本当に、食べてしまいたいと思う。咀嚼《そしやく》して飲み込んで、自分だけのものにしてしまいたい。

「ん……んっ」

しなやかでどんな砂糖菓子より甘い身体に対する欲求が、我慢できなくなっていた。

うろたえている身体を抱き締め、足の間に自分の右足を入れて開かせる。

「やぁ、んん……んう」

逃げようとする舌をとらえてきつく吸うと、美里はすがるように背に両手を回してきた。

「……んっ、んん……」

上顎をくすぐり、歯列をなぞり、角度を変えて幾度もくちづけるうちに、美里の身体から力が抜けていくのがわかる。

「はあっ、あん……っ、なら、しのさ……っ」

唇を解放し、濡れた首筋に舌を這《は》わせると、鼻から抜けるような艶やかな声が美里の唇から漏れる。

「誰にも触らせなかったか?」

耳朶《じだ》を唇で挟むようにして言うと、声が響くせいかそれだけで、あ、と美里の身体が震える。

「さっ、触らせて……ない、です」

「ここも」

「っあ!」

胸の突起を親指の腹でぐいと押すと、また美里は可愛らしい声を上げた。

「こっちも」

背後に回したもう片方の手を、尻の間に滑り込ませる。

「誰にも、そんなところ……っ!」

びくっと美里は大きく反応し、習志野の背中にしがみついてくる。

「だっ、駄目、ああ」

窄《すぼ》まった部分をゆるゆると指先で刺激すると、美里の膝が震え始めた。

「駄目じゃない。俺の質問に答えろ」

繰り返し問うと、美里はガクガクとうなずいた。

「触らせて、ない、からっ……っあ、や」

言いながらすがりついてくるため、互いの身体が密着し、美里のものがすっかり勃ち上がってしまっているのがわかる。

「キスして、少し触れられただけでこんなになる身体だからな。俺が心配する理由もわかるだろ」

「ち、違う……俺は」

美里は真っ赤になった顔を、習志野の首筋に埋めるようにして抗議した。

「俺がこんなふうになるのは。習志野さんが……猛《たける》さんが、好きだから。特別な人に触られるから、だからおかしくなって……っ」

本当か？　と習志野はゆっくりと、中指を美里の中に潜《もぐ》り込ませた。

「ひぅっ、っあ……あ」

耐えきれないというように顎を上げ、こちらの耳をとろけさせるような声で美里は喘《あえ》ぐ。

「んう、ああ……っ、やぁ」

無意識に刺激を求めてのことなのだろうが、美里は張りつめて先端から透明な液を滲《にじ》ませた自身を、習志野に押し付けてきた。

普段はとりすまして見えるほど冷たい美貌の持ち主の、こんなにまで淫らな痴態を目《ま》のあたりにして、煽《あお》った習志野自身も煽られてしまう。

「そ、そこばっかり、辛い……っ、あぁっ」

まだアルコールが抜け切れていない美里の身体は、いつもよりも容易く指を飲み込んでいく。

「いゃ……っ、あ」

熱い内壁をそっとかき回すと、きゅうときつく締め付けてきた。

そうしながら胸の突起を弄ると、堪え切れないというように美里が懇願した。

「も、もう……や。もう、いきた……い」

泣きそうな声に、習志野はゆっくりと指を引き抜いていく。

辛そうなのに自分に助けを求めるようにすがりつく身体が、可愛くてたまらない。

そもそも心配したのは事実だが、美里のことを本気で疑っていたわけではなかった。

「くぅ……っ」

体内から異物が出ていく感覚に、美里はきつく眉を寄せて耐える。

そっと身体を離すと、美里自身からは液体が零れ落ちていた。

「た、猛さん、俺……立って、いられない。もう、俺」

甘い声でねだられて、習志野は優しく言う。

「ああ。すぐ気持ちよくしてやるから。もう少しだけ我慢しろ」

か細い声で訴える美里を壁のほうに向かせ、両手をついて身体を支えさせた。

習志野はヘアオイルを手に取って、もう一度美里の後ろに指を滑らせる。

「っひ、ああっ！」

ぬるりと二本の指を入れると、美里の体内は待ち受けていたように飲み込んだ。

一番感じる部分を探り、そこを抉《えぐ》るように強く刺激する。

「あっ、あっ、そこ駄目ぇ！　もう、いく……っあ、苦し……っ」

達する限界の美里のものの根本を、もう片方の手で習志野はきつく拘束した。

そうしながら挿入していた指を引き抜き、自身をあてがう。

美里の根本を拘束していた指を解くと同時に、張りつめた自身で深々と白い身体を貫いた。

「――――っ！」

美里は声も出せずに身体を激しく痙攣《けいれん》させ、白いものを壁に放つ。

「……くっ」

思い切り締め付けられ、習志野はその快感に持っていかれそうになるのをどうにか堪えた。

美里の中はとろけそうに熱く、うねるように習志野を飲み込む。

――食っても食っても、もっと欲しくなる。……なんて身体だ。

「っああ！」

さらに奥まで突き上げ、頽《くずお》れそうな身体を習志野は背後から手を回し、しっかりと支えた。

「ひいっ、あ……っ、あうっ」

激しく律動を繰り返すと、美里はむせび泣いたが、それは決して苦痛からのものではなかった。

その証拠に達したばかりのものは、すぐに硬度を取り戻していたからだ。

「気持ちいいか、美里。お前の中、溶けそうに熱い」

囁くと、唾液の零れる唇で美里は答える。

「い、いい……っ。猛さ……だけ、俺がこんな、ふうに、なるのは……あぁっ」

悲鳴に近い甘い嬌声の合間に、美里は何度もうわ言のようにそう繰り返した。

「俺もだ、美里。……お前だけだ」

こんなにまで心も身体も充足するセックスは、習志野もかつて経験がない。

美里と繫がったところから、本当に溶けて混じってしまいそうだと習志野は思った。

「っあああ！」

ひときわ高い声の後、美里の身体は激しく震えた。

直後に習志野も、美里の中に熱を解き放ったのだった。

ふたりしてぬるくした湯に浸かると、美里はぐったりしつつも甘えてきた。
だが触れるだけのキスを交わしたり、軽口をきいて笑いあっているうちはよかったのだが、
湯に入ったままシャワーを使って髪を洗い終えた頃、習志野は美里の身体が、支えていない

と沈みそうなことに気が付いた。

「おい、美里。こんなところで寝るな。溺《おぼ》れるぞ」

「あ……はい。なんだか、くらくらして」

どうやらすっかりのぼせてしまったらしい。

慌てて美里を担ぎ出し、バスタオルでざっと拭いてからリビングのソファに寝かせ、急いで冷蔵庫にミネラルウォーターを取りに行く。

「ありがとうございます……」

冷たい水の入ったグラスを受け取ると、美里は美味しそうに喉を鳴らして飲んだ。

ふう、と息をついた美里の頭を膝に乗せ、テーブルにあった薄いパンフレットで、火照《ほて》った顔をあおいでやる。

気持ちいい、と目を閉じる美里は眼鏡をかけていないのと、額がすべて露《あらわ》になっているせいか、いつもより子供っぽく見えた。

水を飲んで濡れた唇は淡いピンクで、まだ湿っている髪はうなじに張り付いている。

パタパタと風を送ってやりながら、思わず習志野は見惚《みと》れそうになってしまった。

「お前のことを見ていると、正直不安になることがある」

つぶやくと、パチリと切れ長の目が開かれて、色の淡い瞳がこちらを見上げた。

「なんの話ですか？」

「いや。お前がその気になったら、昔の俺なんか足元にも及ばないほどのプレイボーイになるんじゃないかと」

冗談交じりに苦笑して言ったが、本気でそう思っている部分もある。

美里はびっくりしたように、瞬きもせずこちらを見つめた。

「ありえないですよ、そんなこと。俺、こう見えてかなりモテないんですよ」

習志野と出会うまで童貞だったのだから、事実そう思い込んでいるのかもしれない。

「ありえないなんてどうして言える。気が付かなかっただけかもしれないだろう」

バーで美里に悪い虫がつかないよう見張っていた習志野としては、警戒心のない恋人が心配で仕方なかった。

ここしばらくの間ですら、映画館では痴漢にあい、島崎《しまざき》に言い寄られ、取引先の上司とやらもおそらく美里を狙っていると思われる。

だが美里は、頑固にもう一度繰り返した。

「言えますよ、絶対にありえないと断言できます」

美里の手が、あおいでいた習志野の手首を優しくつかむ。

「だって俺、習志野さん以外の人には興味がないですから」

美里はきっぱり言って、つかんだ習志野の手を、そっと自分の頬に触れさせた。

「だが……お前がそう思ってくれていても、寄ってくるやつは多いだろう」

美里の言葉を信じたい反面、習志野はまだどこか生い立ちから来るトラウマを引きずっている。

けれど美里はむしろ、そんな習志野の懸念《けねん》を嬉しく感じているらしかった。

「もしかして、妬《や》いてくれているんですか？　初めてです、そんなことを思ってもらえるなんて。なんだかドキドキしてきました」

それに、と美里は習志野の手に頬ずりしながら続ける。

「誰かが俺に変な気を起こしたら、坊主頭か角刈りにでもして、ちょびヒゲでも猫ヒゲでも生やして、そんな気がなくなるようにしますから」

裏表のない率直な物言いに、思わず習志野は苦笑した。

「そりゃいい考えだが、猫ヒゲはやめろ。余計に可愛くなる」

「習志野さんだってそうですよ。誰かにアプローチされたら、モヒカンに……いや駄目だ、それでもまだ格好いい」

まだ酔いが残っているのか、どこまで本気で言っているのかわからないが、真剣な顔で対策を考えている美里が、習志野は愛しくてどうしようもなくなってくる。

「ちょんまげにでもツインテールにでもなってやるから、安心しろ」

そう言って額にそっとキスをすると、ポッと白い頬に赤味が差した。

こうした美里との他愛ない会話や、触れている体温が、信じられないくらいに心を満たしてくれている。

以前の習志野は、より相手に惚れたほうが負けだと思っていた。

本気になれば割を食って惨《みじ》めな思いをするのがオチだ、という持論を持っていたのだが、それは今や完全に習志野の中で撤回されている。

「……こっちにも、お願いできますか」

はにかみながら唇を指差す美里に習志野は、もちろん、と応じて唇を重ねた。

誠実な恋人に対してであれば、より本気になればなるほど心が満たされるのだと、習志野は美里に教えてもらったのだった。

あとがき

シャレード文庫様では、はじめましてです。朝香りくと申します。

これまで女装のヤンキーだったり、飲むと魔性受けになるダメ人間だったり、コメディタッチのお話を書いてきましたが、今作は普通のサラリーマンものです。

でもタイトルから察していただけるとおり、やはりコメディ寄りのお話になりました。

現実の世界でも、大真面目なのに喜劇のようになってしまうことは多々あるのではないかと思います。

たとえば。このお話を書いていたある日の午前三時に、実家から電話がありました。

熟睡中でしたが、こんな時刻にかかってくるとはただ事ではない、緊急事態だと慌てて電話に出てみると、母の声ではあるものの「ぅぽ……んぽぽ」と何を言っているのかわからない。言葉が話せない！　大変だ、救急車！　と焦ったのですが。

実はトイレに起きて時刻を見ようと携帯電話を手にした母は、寝ぼけてなぜかうちの短縮番号を押して電話。ここまでならまだしも、咽喉が荒れる口呼吸防止のためにと、寝る前に口にテープを貼っていたのを忘れ、必死に話そうとしていたというオチでした。笑い話で済んでよかったですが、同様の口呼吸防止法を行っている方は、くれぐれも口にテープを貼ったまま電話をしないようお気を付けください。ものすごく怖いです。

さて、今作は桜城やや先生がイラストを担当してくださり、当初のイメージ以上に魅力的な登場人物に仕上げてくださいました！　本当にありがとうございました！

また、はじめてのレーベル様ということもあって右往左往する私を、辛抱強くご指導して下さった担当様をはじめ、この作品の出版に関わってくださったすべての方々に大変感謝しております。

そして最後になりましたが、なにより本書を手に取ってくださった読者様にはいつも感謝しています。いずれまた機会がありましたら、別のお話でお会いできますように。

２０１５年１月　朝香りく

本作品は書き下ろしです

朝香りく先生、桜城やや先生へのお便り、
本作品に関するご意見、ご感想などは
〒101-8405
東京都千代田区三崎町2-18-11
二見書房　シャレード文庫
「サラリーマンはおやつに入りますか？」係まで。

CHARADE BUNKO

サラリーマンはおやつに入《はい》りますか？

【著者】朝香《あさか》りく

【発行所】株式会社二見書房
東京都千代田区三崎町2-18-11
電話　03(3515)2311[営業]
　　　03(3515)2314[編集]
振替　00170-4-2639
【印刷】株式会社堀内印刷所
【製本】ナショナル製本協同組合

落丁・乱丁本はお取り替えいたします。
定価は、カバーに表示してあります。

ISBN978-4-576-15008-6

http://charade.futami.co.jp/